ein Ullstein Buch

ÜBER DAS BUCH:

Was verbindet Jakob (über achtzig) und Adele (fünfundsiebzig)? Freundschaft oder gar Liebe? Jakob meint, es sei mehr als das – eine Verbindung zwischen gleichgestimmten Seelen. Und das ist die beste Verbindung, die es überhaupt gibt: im Gleichklang sein, nachdem alle Lebensirrtümer weit zurückliegen und Einsicht und Nachsicht zum bestimmenden Motiv werden. Zunächst aber sind die beiden Senioren mit Vitalität und Originalität noch mitten drin in allen Lebensereignissen...
Die Bucherfolge *Jakob und Adele* (UB 20940) und *Jakob und Adele auf der Reise nach Feuerland* (UB 22006) werden hier mit zwölf weiteren amüsanten Episoden aus der beliebten Fernsehserie mit Brigitte Horney und Carl-Heinz Schroth fortgesetzt.

DER AUTOR:

Herbert Reinecker, 1914 als Sohn eines Reichsbahnbeamten in Hagen (Westfalen) geboren. Abitur, journalistische Tätigkeit, im Zweiten Weltkrieg Kriegsberichterstatter. 1953 entstand sein Bestseller-Roman *Kinder, Mütter und ein General* (auch erfolgreich verfilmt). In den folgenden Jahren schrieb Reinecker rund 40 Filmdrehbücher *(Canaris, Anastasia u. v. a.)*. In den sechziger Jahren wandte er sich zunehmend dem Fernsehen zu *(Der Kommissar, Derrick)* und gilt inzwischen als der meistbeschäftigte deutsche Fernsehautor.

Herbert Reinecker

Wiedersehen mit Jakob und Adele

ein Ullstein Buch

ein Ullstein Buch
Nr. 22050
im Verlag Ullstein GmbH,
Frankfurt/M – Berlin

Ungekürzte Ausgabe

Umschlagentwurf:
Hansbernd Lindemann
Foto: Hipp-Fotoagentur

Taschenbuchausgabe mit Genehmigung
der F. A. Herbig Verlagsbuchhandlung,
München · Berlin

Printed in Germany 1988
Druck und Verarbeitung:
Ebner Ulm
ISBN 3 548 22050 9

Januar 1989

Vom selben Autor
in der Reihe der
Ullstein Bücher:

Die Frauen von Berlin (20570)
Jakob und Adele (20940)
Jakob und Adele auf der Reise nach
Feuerland (22006)

CIP-Titelaufnahme
der Deutschen Bibliothek

Reinecker, Herbert:
Wiedersehen mit Jakob und Adele /
Herbert Reinecker. – Ungekürzte Ausg. –
Frankfurt/M; Berlin: Ullstein, 1989
(Ullstein-Buch; Nr. 22050)
ISBN 3-548-22050-9
NE: GT

Inhalt

Eine Altersliebe 7
Gespräche miteinander, übereinander 32
Die Art, einen besonderen Tag zu feiern 39
Jeder Mensch muß eine Tür hinter sich zumachen können 56
Der Wecker hat geklingelt 73
Der Sternenhimmel 93
Das Orakel 114
Ach, wenn doch der Hahn krähen würde 136
Viermal die Acht 159
Die Sache mit dem Lebensinteresse 190
Eine Freudenbotschaft 214
Oben und unten 233

Eine Altersliebe

Ein ziemlich früher Morgen. Die Wiesen des Parks entließen gerade den Tau der Nacht, hauchfeine Nebel durchziehen das Morgenlicht, das seine volle Stärke noch nicht erreicht hatte, noch ein wenig bleich war, bleich und zart. Jakob und Adele liebten solche Morgen, standen zuweilen früher auf, nur um einen solchen Morgen im Park zu erleben, ein Morgen, der noch einsam war, unbelebt, so als gäbe es Menschen nicht.

Aber Enten gab es, und Jakob und Adele standen am Ufer, um sie zu füttern. Auch dies war eine ruhige Tätigkeit, die den Menschen ebenso gefiel wie den Enten. Denen natürlicherweise. »Jakob«, sagte Adele, »warum ist es eine so beruhigende Beschäftigung, Enten zu füttern?«

»Ich vermute, daß die menschliche Seele den Einklang genießt.«

»Den Einklang?«

»Zwischen Mensch, Tier und Natur. Ein Einklang, der natürlich vorgetäuscht wird, da er ja längst nicht mehr vorhanden ist.«

»Was auf uns nicht zutrifft«, sagte Adele.

»Nein«, erwiderte Jakob.
»Wir befinden uns im Einklang mit Tier und Natur?«
Jakob leerte seine Tüte aus, verstreute die letzten Brotkrümel. »So ist es, Adele. Dieser Gleichklang ist vorhanden –« er überlegte, »bei Kindern und, zuweilen, bei alten Leuten.«
Trocken fügte er hinzu: »Was wir sind.«
»Warum bei uns?« wollte Adele wissen.
»Wir werden von den sogenannten Wichtigkeiten des Lebens nicht mehr in Anspruch genommen. Jedenfalls nicht zu sehr. So haben wir Zeit, uns in aller Ruhe einzuordnen, unseren Platz zu sehen, den der uns zugewiesen ist in der Natur zwischen Tieren und Pflanzen.«
»Und Kinder?«
»Kinder, liebe Adele, sind ein Teil der Natur von Haus aus. So sind sie im Einklang mit sich selbst, was somit ganz natürlich, andererseits aber auch keine Leistung ist.«
»Bei uns ist es eine?«
»Ergebnis einer Denkarbeit, für die wir genügend Muße mitbringen. Und sonst noch einiges.«
»Ausreichenden Verstand?«
Jakob überlegte, sah über den Teich hinweg, auf dem die Seerosen ihre Blüten schon geöffnet hatten.
»Darf ich mal ein Wort suchen? Ich sage es mal, weil es mir gerade einfällt, mobilisierte Moral.«
»Hm«, sagte Adele, »hört sich gut an. Reden wir mal irgendwann darüber? Was Moral bedeutet und wie man sie mobilisieren kann.«

Trocken fügte sie hinzu: »Das ist wohl eine Jahrhundertaufgabe.«
»Ich denke auch, möglicherweise eine Frage unseres Überlebens.«
»Werden Sie nicht grundsätzlich, Jakob. Ich weiß, daß man es sein muß, jedenfalls hin und wieder. Aber mein Verstand ist noch morgenmüde. Außerdem habe ich kein Futter mehr.«
Sie verließen den Teich, wanderten langsam durch den Park. Die Rasenflächen lagen blaßgrün, verloren langsam die blitzende Nässe.
Sie kamen an einem Kinderspielplatz vorbei. Der Sand war noch feucht, die Geräte, Schaukeln und Klettergebilde lagen in aller Ruhe, genossen es, tote Gegenstände zu sein.
Adele blieb stehen: »Ein Kinderspielplatz ohne Kinder. Wie sieht das aus?«
»Tja«, murmelte Jakob, »wie eine Endzeitvision. Die wir uns ruhig leisten dürfen.«
Adele sagte: »Jakob, ich denke nicht über jeden Ihrer Sätze nach. Der gerade gefiel mir nicht.«
Ihre Stimme wurde heller.
»Darf ich mal hineingehen in den Kinderspielplatz?«
»Ich sehe«, erwiderte Jakob, »daß Sie Ihre Morgenmüdigkeit langsam verlieren.«
»Ich habe sie schon verloren«, sagte Adele. Sie lachte: »Wissen Sie, daß es mich immer gejuckt hat, wenn ich hier vorbeikam?«
»Was hat Sie gejuckt?«

»Die Lust mitzumachen, da herumzuturnen, die Schaukeln zu benutzen, die Rundläufe. Sagt man noch Rundläufe? Die gab es früher bei uns. Was heißt bei uns? Als ich noch Kind war. Können Sie sich erinnern, Jakob, an Ihre Zeit auf einem Kinderspielplatz?«
Jakob lächelte: »Meine Erinnerung hat natürlich einen weiteren Weg. Nicht sehr viel weiter, aber immerhin. Ich erinnere mich durchaus. Unsere Spielplätze waren nicht so schön. Das heißt, sie waren natürlich schön, weil das Vergnügen auf einem Spielplatz ein inneres Vergnügen ist. Heute sind sie anders.«
»Sie sind – kann man sagen – psychologischer? Ein bißchen reicher, und auch raffinierter.«
»Ja, man tut heute mehr für Kinder, aber vielleicht auch weniger.«
Adele lachte: »Keine Diskussion darüber, Jakob, was mehr und weniger in diesem Falle bedeuten.«
Sie warf den Kopf herum: »Wollen wir mal?«
»Was wollen wir mal?«
»Schaukeln«, rief Adele. Sie sah sich um. »Es sieht uns ja keiner. Ich habe manchmal Lust, mich wie ein Kind zu benehmen und möchte gern schaukeln.«
»Tun Sie es, Adele.«
»Tun Sie es nicht, Jakob? Sind Sie dafür zu würdevoll?«
»Ich bin nicht würdevoll, aber Schaukeln ist mir fremd geworden.«
»Keine Lust, mal achtzig Jahre zurückzugehen?«
»Um Himmels willen«, rief Jakob erschrocken aus.
»Kommen Sie«, sagte Adele, griff nach der Hand

Jakobs und zog ihn zu einer Schaukel. Nein, es waren mehrere.

Sie hingen nebeneinander, Sitzbretter, aufgehängt an langen Seilen, in der Gleichgültigkeit toter Gegenstände.

Adele setzte sich auf eins der Bretter, legte ihre Finger um die Seile.

Sie hatte Schwierigkeiten mit den Beinen, denn die Sitzbretter waren in der Höhe angebracht, wie sie für Kinder richtig ist.

»Setzen Sie sich, Jakob?«

Jakob hörte den besonderen Ton in der Stimme Adeles. Ihre Stimme hatte ihn immer entzückt, weil sie vielschichtig war und wie ein Instrument, das eine Reihe von Tönen enthielt. Aber jetzt war noch ein Ton hinzugekommen, ein ganz und gar vergnügter Ton. War darin etwas von Kinderseligkeit?

Jakob fragte sich dies, und das Wort Kinderseligkeit, das ihm sein Bewußtsein eingab, ließ ihn lächeln, dennoch war es nicht falsch, nicht ganz falsch, auf Adele bezogen, die sich jetzt in Schwung brachte, die Beine wegstreckte, um den Sandboden nicht zu berühren.

Sie lachte laut.

»Los, Jakob. Sie auch! Haben Sie im Krieg nicht noch ganz andere Dinge gemacht?«

Weiß Gott, dachte Jakob. Aber der helle Ton in der Stimme Adeles übte seine Wirkung aus.

Warum nicht, dachte er. Dies ist zwar ein Spielplatz für Kinder, aber warum sollen nicht auch alte Leute die

Gelegenheit benutzen, die vielleicht sogar eine Möglichkeit ist, nämlich die, sich zu erinnern.
Jakob setzte sich also auch auf eine Schaukel, stieß sich ab. Und er fand es bemerkenswert, daß er nicht eine Sekunde brauchte, um sich zu erinnern. Sein Kinderspielplatz befand sich vor vielen, vielen Jahren auf dem Gelände eines Luft- und Sonnenbades, wie es damals hieß, Damen und Herrn getrennt natürlich. Jakob erinnerte sich sogar an das scharrende, knarrende Geräusch, das die Eisenringe der Schaukel verursachten.
Da schaukelten also Jakob und Adele, und auch hier hatten die Schaukeln ein Eigengeräusch, das Jakob behalten würde. Adele genoß das Schaukeln, rief: »Meine Mutter rief immer: Nicht so hoch, Kind.«
»Haben Sie sich daran gehalten?«
»Nein, es konnte mir nicht hoch genug sein. Daraus wurde eine Lebensmaxime, Jakob. Ich habe immer hoch geschaukelt.«
Jakob bremste seinen Schwung ab, während Adele nur langsam ihren Schwung verringerte.
Sie war ein wenig atemlos.
»Jakob«, sagte sie, »wir waren auf einer Kinderschaukel –« sie holte tief Atem, »und siebzig Jahre waren wie ein Tag«.
Sie lachte immer noch, als käme ihr inneres Vergnügen viel langsamer zum Stillstand als ihre Schaukel. Sie umarmte Jakob, blitzte ihn an: »Danke, Jakob.«
»Ganz meinerseits«, sagte Jakob, fügte trocken hinzu:

»Wir hatten einen Zuschauer bei unserem Ausflug ins Kinderland.« Er wies auf einen älteren Herrn, der ein wenig abseits stand, ganz still stand und herüberschaute.

Der Mann, sehr hager und mager, weißhaarig, bewegte sich nun ein wenig unsicher auf Jakob und Adele zu.

»Guten Tag«, sagte er, »ich hoffe, Sie erlauben mir, Sie anzusprechen. Aber es war ein zu schönes Bild.«

»Was«, rief Adele, »es hat Ihnen gefallen, daß wir uns so albern benommen haben?«

»Nein, nein«, beteuerte der alte Herr, »so empfand ich das nicht. So ganz und gar nicht. Sie beide zu sehen, so zu sehen, hat mich sehr gefreut. Um so mehr, als Sie beide mir ja keine Unbekannten sind.«

»Was? Wir sind Ihnen nicht unbekannt?«

»Sie gehen hier ja öfter spazieren. Daher kenne ich Sie. Sie sind mir immer schon aufgefallen. Weil –« er zögerte, war ein wenig unsicher, setzte dann fest fort: »Weil Sie beide ein sehr schönes Bild bieten.«

»Was für ein Bild bieten wir?«

»Nun, von –« wieder wurde der alte Herr unsicher, »von Vertrautheit, um es mal so auszudrücken. Sie sind ein gutes–« er machte eine fast atemlose, kleine Pause vor dem Wort, »ein gutes Paar.«

»Haben Sie gehört, Jakob«, sagte Adele, die immer noch munterer war als üblich, fast war sie ein wenig aufgekratzt.

»Ja, ich habe es gehört«, sagte Jakob ruhig und sah den alten Herrn aufmerksam an.

Der Mann war hoch in den Siebzigern, bewegte sich vorsichtig wie jemand, der seiner Beine nicht mehr ganz sicher ist. Sein Gesicht war sehr faltig, seine Haut ein wenig grau, ohne unangenehm grau zu sein, was vielleicht auf einen Widerschein seiner Augen zurückzuführen war, die lebendig wirkten. Jakob hatte mal gesagt: Aus den Augen verliert sich das Leben zuletzt. Die Augen dieses Mannes sagten: Noch ist genug Leben in uns.

»Mein Name ist Becker, Bernhard Becker«, stellte er sich vor, hatte sich einen Moment lang aufgerichtet und eine Verbeugung angedeutet.

»Ich gebe zu«, sagte der alte Herr, »daß ich mich immer freue, wenn ich Sie sehe.« Etwas schuldbewußt setzte er hinzu: »Ich bin Ihnen immer dann ein wenig –« jetzt scheute er sich doch das Wort auszusprechen, »nachgegangen.«

»Sie sind uns nachgegangen?« fragte Adele.

Fast ein wenig flehend und um Nachsicht bittend hob der alte Herr die Hände.

»Es ist doch sehr selten, daß man ältere Leute sieht, die sich so gut verstehen, abgesehen davon, daß sehr viele alte Leute ja allein leben.«

»Leben Sie allein«, fragte nun Jakob.

»Ja«, nickte der alte Herr, der eine angenehme und etwas leise Stimme hatte, »ich lebe allein. Meine Frau ist vor zehn Jahren gestorben.« Bedauernd fügte er hinzu: »Kinder habe ich nicht.«

»Wo wohnen Sie denn?«

»In einem Altersheim. Gar nicht weit weg von hier. Was den Vorteil hat, daß man nicht sehr weit entfernt ist von dieser Parkanlage, in der ich jeden Tag herumgehe.«
Er lächelte schwach: »Ich hatte immer einmal die Absicht, Sie anzusprechen.«
»Nun haben Sie es getan«, sagte Jakob freundlich.
»Ja«, nickte der alte Herr, »nun habe ich es getan. Ich wollte Sie gern einladen –« seine Stimme schwankte ein wenig, so als habe er etwas Unzumutbares gesagt, wofür er sich sofort entschuldigen müsse, »ob Sie nicht bei mir und mit mir eine Tasse Kaffee trinken wollen.« Hastig fuhr er fort: »Auch Tee, wenn Sie Kaffee nicht vertragen.« Hoffnungsvoll hob er die Stimme: »Ich könnte Ihnen auch ein Gläschen Port anbieten, wenn Sie Port mögen.«
»Hm«, sagte Adele und sah Jakob an, als suche sie Rat bei ihm. Der alte Herr fügte hinzu: »Ich möchte Ihnen natürlich nicht lästig fallen, aber – ich hätte gern etwas mit Ihnen besprochen, eine Angelegenheit, die mir sehr wichtig ist.«
»Nun dann«, sagte Jakob, »das wollen wir ihm nicht abschlagen, nicht wahr, Adele?«
Der alte Herr bedankte sich fast ein wenig überschwenglich. »Kein weiter Weg. Man kann das Heim fast sehen.«
»Jaja«, sagte Jakob, »wir kennen es.«
Sie folgten also dem alten Herrn, der seine staksigen Schritte beschleunigte, dabei jeweils unsicher den Arm vorstreckte, um im Gleichgewicht zu bleiben. Sein

Gesicht hatte das Grau verloren, hatte sich belebt, ständig wechselten Lächeln und ernste Miene einander ab.

Das Altenheim war ein alter Bau, grauer Stein, von einer Mauer umschlossen, ein Tor, das in den Angeln quietschte. Das Haus wirkte wie ein Gefängnis, obwohl es das sicher nicht war. Es erwies sich als ein Haus mit ordentlichem Inneren, die Böden der Flure blitzten, die Gänge waren hell, bekamen Licht von großen Fenstern. Es roch nach Putzmittel und entfernt nach Essen. Man hörte auch Musik, das Lachen von Schwestern, die hin- und hergingen, miteinander schwätzten und ab und zu einen Blick auf Jakob und Adele warfen, so als handelte es sich um Leute, denen man auf den ersten Blick ansah, daß sie nicht hierher gehörten. Der alte Herr beteuerte: »Ich beklage mich nicht. Man lebt hier sehr angenehm. Alles ist hier sehr gut organisiert. Die Stunden, die Tage sind genau eingeteilt. Man befindet sich in einem Zeitgerüst.«

Adele dachte über das Wort nach: gehalten in einem Zeitgerüst? Nun ja, dachte sie, warum nicht? Wir alle sind hineingestellt in einen Zeitrahmen, aber dies ein Gerüst zu nennen?

Der alte Herr öffnete eine Tür, sagte fast ein wenig feierlich: »Dies ist mein Zimmer.«

Er blieb in der offenen Tür stehen: »Sie sehen. Nicht abgeschlossen. Das ist hier nicht üblich.« Er verbesserte sich: »Es ist nicht nötig. Hier herrscht Vertrauen.« Er setzte hinzu: »Es ist natürlich auch ein Sicherheits-

aspekt dabei. Ich meine, die Aufsichtspersonen müssen natürlich jederzeit Zugang haben. Im Notfall meine ich.«
Er ließ Jakob und Adele nun endlich eintreten.
Das Zimmer war einigermaßen ansprechend möbliert, machte einen bewohnten Eindruck. Es hingen Bilder an den Wänden, ein paar Bücher waren zu sehen, Fernseher, Radio.
Der alte Herr sah Jakob und Adele fast besorgt an: »Was für einen Eindruck haben Sie? Es ist doch hübsch hier.«
»Ja, sehr hübsch«, sagte Adele. »Sind das Ihre persönlichen Dinge, die Möbel, die Bilder, der Teppich?«
»Ja, ich bestand darauf, sie mitzunehmen, ein paar Dinge wenigstens. Es freut mich, wenn Ihnen das Zimmer gefällt. Es ist groß, hell, und es hat Atmosphäre. Die hat es doch?« fragte er.
»Ganz ohne Zweifel«, sagte Jakob, »wo schlafen Sie?«
»Das Schlafzimmer ist hier«, sagte der alte Herr, öffnete eine Tür und zeigte einen kleinen Raum.
»Es ist nicht sehr groß, wie ich zugeben muß, aber ausreichend.«
Er lachte: »Nachts hat man ja gewöhnlich die Augen zu. Ich meine, ich muß mir das Zimmer nicht ansehen, und es spielt keine Rolle, wie groß oder wie klein es ist.«
Er öffnete eine weitere Tür.
»Hier ist das Bad. Von oben bis unten gekachelt. Es ist ein Schmuckstück«, sagte er ein wenig feierlich.

Bedauernd sagte er: »Eine Küche fehlt leider. Man geht hier von der Annahme aus, daß eine Küche überflüssig ist, da hier für alle gekocht wird.« Er lächelte, sah Jakob und Adele ungewiß an, »das ist hier fast wie in einem Hotel.«

Er hob die Schultern: »Ich persönlich hätte gern eine Küche. Daß sie fehlt, ist ein gravierender Nachteil. Finden Sie nicht auch?«

Der alte Herr sprach merkwürdig eindringlich, fixierte seine Gäste bei jedem Satz, wirkte ernst und dennoch wie fast ein bißchen außer sich.

»Ich würde Ihnen nämlich den Kaffee oder den Tee gern selber machen.« Er lächelte: »Ich würde gern das Wasser brodeln hören und selber aufgießen –« er hob bedauernd die Achseln, »aber hier muß ich eine Klingel drücken.« Lebhaft fuhr er fort: »Jetzt werde ich es Ihnen mal vorführen.«

Er ging an die Tür, neben der eine Klingel angebracht war, drückte die Klingel, wandte sich zurück: »Es kommt sofort jemand. Nicht ganz sofort, aber ziemlich schnell und fragt nach meinen Wünschen.«

Lebhafter kam er zurück ins Zimmer: »Bitte, wollen Sie nicht Platz nehmen. Tun Sie mir die Freude.«

Seine Stimme war merkwürdig eindringlich und schwankte ein wenig, so als könne er sich einfach nicht auf einen gleichmäßigen Tonfall einigen.

Jakob und Adele setzten sich.

»Wollten Sie nicht etwas mit uns besprechen«, fragte Jakob.

»Jaja«, erwiderte der alte Herr hastig, lächelte dann unsicher: »Aber jetzt, wo ich Sie beide hier habe, verläßt mich fast der Mut.«
Jetzt öffnete sich die Tür, eine junge Schwester kam herein.
»Ja, Herr Becker?«
Becker sagte: »Das ist Schwester Irene.« Er lächelte: »Besonders jung, besonders freundlich. Sie sehen, Schwester Irene, ich habe Besuch bekommen. Können wir dreimal Kaffee bekommen.« Er wandte sich an Jakob und Adele: »Oder doch lieber Tee?«
»Kaffee ist uns recht«, erwiderte Jakob.
»Dreimal Kaffee also«, bestellte der alte Herr, fragte eifrig: »Vielleicht auch Kuchen. Es gibt hier jeden Nachmittag Kuchen, sehr guten Kuchen.«
»Kuchen, Adele?«
»Danke, keinen Kuchen.«
»In Ordnung dann, Irene. Drei Kaffee, ohne Kuchen.«
Das Mädchen ging, und Becker wandte sich an Jakob und Adele: »Sie sehen, das alles funktioniert ganz fabelhaft.«
»Ja«, murmelte Jakob, »aber ich habe den Eindruck, irgendwie sind Sie nicht ganz zufrieden.«
»Nun ja«, sagte der alte Herr und wirkte plötzlich ein wenig bekümmert, »was mir hier fehlt, das ist ganz einfach zu sagen, fast mit einem einzigen Wort zu sagen –« seine Stimme wurde langsamer, unsicherer, er holte Atem, machte eine größere Pause, »ich bin jetzt ganz offen zu Ihnen. Ich wage es, Ihnen gegenüber darüber zu

sprechen, weil Sie es sind, denen ich eine Erkenntnis verdanke.«
»Welche Erkenntnis«, wunderte sich Adele.
Der alte Herr lächelte unsicher, sagte hastig und wie um Entschuldigung bittend: »Es ist keine neue Erkenntnis, eher eine ganz alte, und sie besteht aus einem einzigen Satz –«
Er machte erneut eine Pause, ehe er ernst fortfuhr: »Es ist nicht gut, daß der Mensch allein sei.« Er blickte von einem zum anderen, flüsterte: »Mir fehlt eine Frau.«
Er senkte den Blick, stand nun da, ganz still, ganz ergeben, wie jemand, der sein Schicksal in andere Hände gelegt hat. Adele war völlig überrascht, warf Jakob einen Blick zu. Aber Jakob erwiderte den Blick nicht, sah den alten Herrn mit gesammeltem Ernst an.
Der alte Herr machte eine fahrige Handbewegung.
»Wissen Sie«, sagte er unsicher, »ich sah Sie Enten füttern. Dann sah ich Sie beide auf den Schaukeln, hörte, wie Sie lachten, ein Bild, einfach umwerfend. Da dachte ich: Sprich sie an. Was ich dann ja auch getan habe.«
»Ja«, sagte Jakob langsam.
Der alte Herr wurde eifriger: »Sie sehen, wie ich wohne. Sie selbst sagten, es gefällt Ihnen. Das Zimmer hat Atmosphäre, alles ist da, ein sehr gutes Bad, von oben bis unten gekachelt. Das Schlafzimmer ist etwas klein, aber ein zweites Bett hat durchaus Platz. Es handelt sich also um eine Wohnung, die auch zwei Personen vertragen würde.«

»Hm«, sagte Jakob, »Sie suchen also eine Frau?«
Der alte Herr rief: »Nein, nein, ich suche sie nicht. Ich –« jetzt schluckte er, holte Atem, setzte dann fort, »ich habe sie schon.«
Seine Verwirrung nahm zu, er berichtigte sich erneut: »Nein, nein, ich habe sie nicht, ich will sagen, ich kenne sie, aber ich habe einfach keinen Mut, sie anzusprechen, mich ihr zu offenbaren.« Er holte Atem, stieß hervor: »Ich wollte Sie fragen: Können Sie mir helfen?«
Adele sah Jakob an, fragte dann: »Wie stellen Sie sich das denn vor?«
»Wissen Sie«, flüsterte der alte Herr, »ich habe kein Selbstbewußtsein mehr. Das ist mir im Laufe der Zeit verlorengegangen.«
»Kein Selbstbewußtsein mehr?« sagte Adele und war fast erschrocken, »das zu verlieren ist wirklich ein großer Fehler.«
»Was ich weiß«, nickte der alte Herr, »was ich durchaus weiß.«
Jakob übernahm jetzt das Gespräch. »Gehen wir jetzt mal der Reihe nach. Wer ist die Frau, die Sie im Auge haben?«
»Nun«, sagte der alte Herr, »es ist eine der Damen, die um diese Zeit ebenfalls im Park sind und nun ihrerseits Enten füttern.«
»Na«, sagte Jakob, »dann sehen wir uns die Damen mal an und die, die Sie meinen.«
Sie tranken den Kaffee, der jetzt kam, ziemlich eilig. Besonders der alte Herr war nun aufgeregt, angeregt,

bekam eine ganz neue Gestik, bewegte Arme und Beine, bedankte sich ein über das andere Mal.

»Ich wußte es, daß Sie mir helfen würden. Es war also kein Fehler, Sie anzusprechen.« Er lachte aufgeregt: »Sie ahnen gar nicht, wieviel Überwindung es mich gekostet hat, Sie anzusprechen.«

Sie machten sich dann zu dritt auf den Weg, gingen erneut in den Park, der sich inzwischen belebt hatte.

Der alte Herr verhielt seinen Schritt.

»Da sind die Damen.«

Man sah am Rande des Teiches eine Gruppe von vier älteren Damen stehen.

»Die Damen sind auch Rentnerinnen«, sagte Becker, »sie wohnen auf der anderen Seite des Parks. Alle alleinstehend, soviel habe ich schon herausbekommen.«

»Welche Dame ist es?« fragte Adele.

»Die da ganz links«, flüsterte der alte Herr, fragte: »Wie finden Sie sie?«

»Das kann man aus der Entfernung schlecht beurteilen«, sagte Jakob.

»Wie?« wunderte sich der alte Herr, »aber Sie sehen doch, wie sie sich bewegt. Sie ist sehr lebhaft, dabei graziös. Sie hat keine plumpen Bewegungen und wenn sie lacht, ist es ein ganz helles Lachen, man weiß sofort: ein fröhlicher Mensch.«

Adele fragte: »Warum gehen Sie nicht hin und stellen sich vor?«

»Nein, nein«, wehrte der alte Herr erschrocken ab,

sagte: »Ich brächte kein Wort heraus, und sie würde den denkbar schlechtesten Eindruck von mir bekommen.«

»Hm«, sagte Adele, sah Jakob ratsuchend an.

Jakob überlegte und traf dann eine Entscheidung: »Adele«, sagte er, »wir nehmen ihn mit nach Hause.«

»Was machen wir mit ihm zu Hause?«

»Wir nehmen ihn in die Schule.«

Jakob und Adele verließen den Park, hielten ein Taxi an und nahmen den alten Herrn, der ebenso verwirrt wie dankbar war, mit nach Hause.

Der Mann sah sich in der Wohnung Jakobs um, sagte leise: »Naja«, meinte er, »das sieht hier etwas anders aus als bei mir. Man sieht, hier ist alles intakt.«

»Nehmen Sie Platz«, sagte Jakob, »wir werden keine Zeit verlieren und Ihr Problem sofort in Angriff nehmen. Also, wo liegt Ihr Problem?«

Der alte Herr seufzte ein wenig, breitete die Arme aus, fragte: »Ich bin über siebzig. Darf man sich in diesem Alter noch verlieben?«

»Sie haben sich also verliebt?«

»Ich glaube, ich muß es so nennen«, murmelte der alte Herr, »es passiert mir ja nicht zum ersten Mal in diesem Leben, ich will sagen, ich kenne das Gefühl durchaus. Ich habe es als junger Mensch gehabt –« er zögerte, »und auch als älterer einige Male.« Er räusperte sich, »und alles immer sehr heftig. Und jetzt passiert es mir wieder.« Er sah von einem zum anderen: »Ist das denn noch normal?«

Jakob lächelte und brauchte keine lange Überlegung für seine Antwort: »Lieber Freund, es ist das Normalste vom Normalen. Was Sie da sagen, ist für mich, aber nicht nur für mich, eigentlich für jeden, jedenfalls für den, der seine Sinne beisammen hat, selber als normal zu bezeichnen ist –«

Jetzt hatte sich Jakob im Gestrüpp seiner Gedanken verfangen.

Adele lachte: »Sie stottern doch nicht etwa, Jakob?«

»Doch, ich stottere, aber auch Stottern ist eine Möglichkeit, sich präzise auszudrücken.«

»Was wollten Sie denn auf diese präzise Weise ausdrücken?«

»Daß Liebe nicht an das Alter gebunden ist, und dies in gar keiner Weise, eher im Gegenteil, daß die Altersliebe eine viel tiefere sein kann, weil sie viel größere Chancen hat, eine –« jetzt räusperte er sich und zeigte Spuren von Verlegenheit, »eine reine Liebe zu sein. Wobei ich vielleicht den Begriff reine Liebe erklären muß.«

Er hielt inne, holte Atem: »Muß ich, Adele?«

Sie sah ihn spitzbübisch an. »Sie wollen mir doch jetzt nicht das Vergnügen nehmen.«

»Für Sie ist das also ein Vergnügen?«

»Ein ausgesprochenes Vergnügen, Ihnen zuzuhören. Und ich stelle fest: bei dem Begriff reine Liebe versagt Ihnen die Stimme.«

»Ah«, machte Jakob eine ärgerliche Bewegung, »Sie wissen schon, was ich sagen wollte.«

Immer noch lächelte Adele, sagte sanft: »Sie sollen es ja nicht mir erklären, sondern unserem Freund, der darauf wartet, daß Sie sich weiterhin so präzise ausdrücken.«
Der alte Herr war ein wenig verwirrt, sah von einem zum anderen.
Widerwillig fuhr Jakob fort: »Also, die Altersliebe ist nicht so sehr gebunden an – Äußerlichkeiten, wenngleich sie nicht ganz unwichtig sind, aber sie spielen nicht mehr *die* Rolle. Es hat in der Liebe eine –« wieder scheute er vor Worten, »eine Verinnerlichung stattgefunden.«
Er sah Adele wie fragend an.
»Wie sehen Sie mich an, Jakob?«
»Ich warte darauf, daß Sie auch mal was sagen.«
»Nun«, sagte Adele sanft, »ich habe dem Begriff Verinnerlichung nichts hinzuzufügen, möchte aber sagen, daß – Verinnerlichung hin oder her – die Begleitumstände die gleichen sind, wie eh und je.«
»Welche Begleitumstände, Adele?«
»Herzklopfen, Blutandrang oder Blutleere, je nach Veranlagung, alles verbunden mit leichtem Schwindelgefühl.«
»Adele«, staunte Jakob, »geben Sie da persönliche Erfahrungen wieder?«
»Was denn sonst.«
»Zuweilen Blutleere? Blutandrang?«
»Nun ja.«
»Und das alles verbunden mit leichtem Schwindel?«
Adele fragte streng: »Ist das bei Ihnen anders? Wie ist

das bei Ihnen gewesen, wenn Sie sich verliebt haben, was ja wohl auch einige Male vorgekommen sein muß.«
Jakob genoß die Szene.
»Bei mir? Nun, bei mir stellte sich immer äußerstes Wohlbehagen ein, ein Wohlbefinden, da ich mich dann im Einklang mit der Natur befunden habe, um ein Wort zu gebrauchen, das wir heute morgen schon gefunden hatten, als wir Enten fütterten.«
»Soso, Sie waren also jeweils im Einklang mit der Natur. Welche Natur meinen Sie denn?«
»Die eigene, die menschliche, die allgemeine.«
»Na«, sagte Adele kopfschüttelnd, »darüber muß ich bei Gelegenheit mal nachdenken.«
Sie wandte sich an den alten Herrn, der nicht ganz mitgekommen zu sein schien. Sie sah ihn herzlich an: »Sie sehen jedenfalls, die Altersliebe gibt es, sie ist in dieser oder jener Form da, sie ist auf keinen Fall unnatürlich, sie hat im Gegenteil jede Chance, eine besondere zu sein.«
Sie nickte ihm zu: »Sie sehen, lieber Freund, Ihr Problem ist gar keins.«
»Was raten wir ihm also?« ergriff Jakob wieder das Wort. »Auf die Dame zuzugehen, ihr zu sagen, wie es um ihn steht. Dann wird er ja hören, was los ist.«
»Adele«, sagte Jakob milde.
»Sie sind ja auch auf mich zugekommen, während ich in der unschuldigsten Weise in einem Park saß.«
»Aber ich habe mich nicht gleich erklärt.«
»Weil Sie raffinierter sind.«

»Ich bin raffinierter?«
»Sie haben Ihre eigentlichen Absichten versteckt. Wenn auch nicht besonders gut.«
Der alte Herr folgte dem Hin und Her des Dialogs, indem er jeweils den Kopf drehte, und verschaffte sich jetzt Gehör: »Aber ich kann doch nicht auf die Dame zugehen. Sie sprachen doch selbst von Blutleere im Kopf und von Schwindelgefühlen.« Er seufzte. »Das alles würde ich haben und weit über jedes normale Maß hinaus.«
»Wie?« rief Adele, »auch jetzt, nachdem Sie erfahren haben, daß Altersliebe etwas ganz Normales ist?«
Der alte Herr sagte: »Könnte ich ihr nicht einen Brief schreiben?«
»Einen Brief, Jakob?«
»Er mißtraut seiner persönlichen Wirkung.«
»Die er doch hat«, rief Adele, sah den alten Herrn an. »Wollen Sie einmal aufstehen?«
Der alte Herr stand auf, stand ein wenig schwankend, wie um sein Gleichgewicht bemüht, sah fast ängstlich auf Adele.
»Er sieht doch gut aus. Allerdings andererseits –«
»Andererseits?« fragte Jakob.
»Er sieht ein bißchen traurig aus, als sei er in einen Regen gekommen.«
»Wieso in einen Regen?« fragte Jakob.
»Ich gebrauche ein Beispiel«, sagte Adele ärgerlich, »ich will mit diesem Vergleich etwas ausdrücken, nämlich daß es aussieht, als habe er seine Konturen verloren.«

Sie murmelte: »Ich hoffe, Sie können sich darunter etwas vorstellen.«
»Ich versuche es.«
»Wenn die Konturen fehlen, fehlt auch das Selbstbewußtsein, von dem er selber sagt, daß er es nicht hat. Und das er doch haben darf.«
Sie wandte sich wieder an den alten Herrn, der immer noch im Zimmer stand, ein wenig beklommen, ein wenig ratlos und hilflos. »Hören Sie, alles was wir von Ihnen gehört haben, läßt darauf schließen, daß Sie Empfindungen haben, verbunden mit Phantasie.« Lebhaft fuhr sie fort: »Das ist etwas, was jeden Mann auszeichnet.« Sie wandte sich an Jakob: »Nicht wahr, Jakob?«
»Soll ich etwas dazu sagen?«
»Gerade Sie«, fuhr ihn Adele an, »weil Sie das alles haben, Empfindungen und Phantasie.« Sie überlegte: »Sie haben noch etwas. Sie haben Mut. Den sollte er auch haben.«
»Aber den habe ich nicht«, sagte der alte Herr.
»Hören Sie«, rief ihm Adele zu, »im Alter Mut zu haben, ist doch nichts Besonderes.«
»Warum nicht?« fragte Jakob genüßlich.
»Weil man nichts mehr zu verlieren hat. Man muß doch im Alter nicht die Hände heben, als stünde der Tod mit der Pistole vor einem.« Böse rief sie: »Warum lachen Sie?«
Heiter entgegnete Jakob: »Die Pistole ist etwas Neues in einem sehr alten Bild.«

»Hm«, sagte Adele zornig, »kommen Sie mal, Jakob.« Zum alten Herr sagte sie: »Warten Sie hier einen kleinen Moment.«
Adele ging mit Jakob in die Küche, hatte die Tür hinter sich geschlossen.
Seufzend sagte sie: »Den schaffen wir nicht, Jakob.«
»Sieht so aus«, murmelte Jakob. »Er ist eine Transuse.«
»Alles an ihm hängt schlaff herunter, das Kinn, die Schultern, die Hände.« Trocken setzte sie hinzu: »Wahrscheinlich auch seine Seele.« Sie lachte: »Sie steht schon mit erhobenen Händen da.«
Sie gingen wieder in das Wohnzimmer, wo der alte Herr immer noch stand, wie jemand, dem man gesagt hatte, er dürfe seinen Platz nicht verlassen und den er deshalb auch nicht verlassen hatte.
»Lieber Freund«, sagte Adele, »uns fällt im Moment keine Lösung Ihrer Probleme ein, so leid es uns tut.«
»Was ich mir gedacht habe«, sagte der alte Herr leise, sah von einem zum anderen.
»Aber es hat mir gut getan, mich auszusprechen.«
Er verließ die Wohnung und wanderte davon.
»Liebe Adele«, sagte Jakob, »seien Sie nicht traurig. Es hat sich um kein Weltproblem gehandelt. Sie werden auch nicht gelöst, und wir alle leben dennoch weiter. Wenn auch nicht besonders.«
Sie verbrachten den Tag in gewohnter Weise und kamen auf den alten Herrn und seine Altersliebe nicht mehr zurück.
Am nächsten Morgen stand Jakob wie gewöhnlich auf,

machte sich Frühstück, las in aller Ruhe die Morgenzeitung, verdaute die Nachrichten, was ihm um so leichter fiel, weil es die von gestern waren, so daß ein wohltuender Gewöhnungseffekt hinzukam.
Gegen zehn Uhr klingelte es.
»Guten Morgen, Jakob«, meldete sich Adele über die Sprechanlage.
»Guten Morgen, Adele. Wenn Sie schnell heraufkommen, kriegen Sie noch heißen Kaffee.«
»Und wenn Sie schnell herunterkommen, habe ich Ihnen etwas zu bieten.«
Jakob ging an das Fenster und schaute hinunter auf die Straße.
Unten stand Adele, blickte nach oben. Neben ihr stand der alte Herr, der ebenfalls hinaufblickte und sogar die Hand hob, und dies durchaus mit Schwung, in dem sich etwas verriet. Vielleicht Fröhlichkeit, gute Laune?
Jakob warf die Jacke über und ging hinunter, stand vor Adele, die ganz vergnügt aussah neben einem Mann, der nicht wiederzuerkennen war, so glücklich sah er aus.
»Ich trau meinen Augen nicht«, rief Jakob, »was ist passiert? Ein Wunder?«
»Ein Wunder würde ich das nicht nennen, Jakob. Ich bin heute morgen sehr früh aufgestanden, habe mit der Dame seines alten Herzens gesprochen. Ich habe ihr gesagt: Wissen Sie, daß Sie einen heimlichen Verehrer haben? Da hat sie gesagt, staunend – ich sage Ihnen, Jakob, die Dame hat Feuer –, staunend also rief sie:

›Was habe ich? Einen heimlichen Verehrer? Wo ist er? Nichts wie her mit ihm.‹«

Der alte Herr war so glücklich, daß er ein wenig stotterte: »Stellen Sie sich so was vor? Sie sagte sofort: Nichts wie her mit ihm.«

Er lachte, und das Lachen kam wie aus einem tiefen Brunnen, ein voller Eimer, mit dem heitersten Lachen.

»Adele«, sagte Jakob, »nun ist er auch im Einklang mit sich selbst, mit der Natur, möglicherweise auch mit dem lieben Gott.«

Gespräche miteinander, übereinander

Lieber Jakob, ich wachte heute morgen auf und war auf eine besondere Weise traurig.«

»Wie ist man auf eine besondere Weise traurig, liebe Adele?«

»Die gewöhnlichen Traurigkeiten vergehen sehr schnell wieder. Diese nicht.«

»Nun, dann hatten Sie eine aufregende Begegnung, liebe Adele, mit Ihrer Grundtraurigkeit.«

»Was verstehen Sie denn darunter? Was ist denn eine Grundtraurigkeit?«

»Man hat plötzlich ein Gefühl von Zerbrechlichkeit. Gewöhnlich redet einem der Körper etwas ein. Er sagt ständig: Ich bin das Größte, du lebst durch mich und nur durch mich. Und plötzlich weiß man, daß dies nicht stimmt. Das ist der Moment, da man ihr begegnet, der Grundtraurigkeit.«

»Sie meinen, es gibt ein allgemeines, immer vorhandenes Gefühl von Traurigkeit bei Menschen?«

»Ja, sie ist mit ihrer Existenz verbunden, durch sie hervorgerufen.«

»Wollen Sie sagen, die Existenz macht traurig?«

»Weil sie begrenzt ist, nicht zu erklären. Sie ist fragwürdig.«

»Fragwürdig, Jakob?«

»Würdig danach zu fragen. Und insgeheim wissen wir, daß wir keine Antwort bekommen. Das macht uns traurig, grundtraurig.«

»Ich kann Ihnen nicht ganz folgen, Jakob. Meine Trauer tut mir nicht weh. Eher im Gegenteil, sie schmerzt und tut zugleich wohl. Sie ist verbunden mit einem Gefühl von Befriedigung.«

»Keine Angst also vor der Grundtraurigkeit. Sie hält sich zurück. In der Jugend kennt man sie überhaupt nicht oder nur sehr selten. Sagen wir so: Sie ist in der Jugend nicht üblich. In den mittleren Lebensjahren erst recht nicht. Man wird vollkommen in Anspruch genommen von den Dingen, die wir, wir selbst, zu den wichtigen Dingen machen, selbst wenn sie es nicht sind. Die Grundtraurigkeit zeigt sich nicht, oder nur manchmal und ganz fern und ganz unaufdringlich. Im Alter zeigt sie sich näher und unverhüllter, und die Dinge, die wir so wichtig gemacht haben, verlieren ihre Wichtigkeit. Und aller Wichtigkeit entkleidet wirken sie plötzlich sonderbar und fast komisch.«

»Wann kam sie denn bei Ihnen, Jakob, das was Sie die Grundtraurigkeit nennen?«

»Nicht von heute auf morgen. Eher ganz langsam. Als die Atemlosigkeit wegging.«

»Welche Atemlosigkeit, Jakob?«

»In unserer Generation war es der Krieg, der uns atemlos gemacht hat. Wir waren eingezwängt in Abläufe, über die wir selbst keine Macht hatten. Ich kam mir immer vor wie ein Schwimmer, der zum Vergnügen ins Wasser gegangen ist und nicht gemerkt hat, daß das Wasser immer reißender wurde. Und schließlich hatten wir alle damit zu tun, den Kopf über Wasser zu halten. Und als uns dann der Krieg an irgendein Ufer gespült hatte, da sahen wir uns neuen Zwangsläufigkeiten ausgesetzt. Die ersten wurden bestimmt vom Hunger. Von der Notwendigkeit neuer Existenzgründung, von ganz praktischen Dingen, die von solcher Dringlichkeit waren, daß wir erneut in Atemlosigkeit gerieten. Aber das war nicht alles.«

»Nicht alles, Jakob?«

»Nein. Da war so unglaublich viel passiert, das nicht einzuordnen war, nicht zu erklären, das sich jeder Erklärung entzog. Das war es, was uns endgültig atemlos machte. Wir sind es bis heute. Ich bin es bis heute.«

»Weil Sie keine Erklärung gefunden haben?«

»So ist es, Adele, Ich fand keine – keine, mit der man leben kann –, und da kam sie dann vollends zum Vorschein, die Grundtraurigkeit.«

»Komisch, Jakob.«

»Was ist komisch?«

»Lassen Sie mich überlegen. Ich sehe da einen Gegensatz zwischen dem, was Sie sagen, und in dem, wie Sie sind.«

»Wie bin ich?«

»Ausgeglichen. Heiter.«

»Sie sehen da einen Gegensatz?«

»Das ist es ja, was ich überlege. Wenn es keiner ist, spielt dann Ihre Grundtraurigkeit eine Rolle?«

»Kann sein. Kann sein, daß wirkliche und wahre Heiterkeit nur wirkliche und wahre Heiterkeit ist vor dem Hintergrund der Grundtraurigkeit.«

»Jetzt geben Sie mir aber Stoff zum Nachdenken.«

»Im Alter nimmt das Nachdenken zu, so sehe ich das. Die Dinge, über die man nachdenkt, haben sich geändert. Was vielleicht damit zusammenhängt, daß man sich der Zerbrechlichkeit seines Körpers immer bewußter wird. Der Körper, der immer gesagt hat, daß er der Größte ist, ist es nicht mehr, man weiß es jetzt. Man sieht seinem Verfall zu, man registriert ihn, und das Bewußtsein, das mehr als wir wissen, an eben diesen Körper gebunden war, macht einen ganz ratlos, und man sucht und sucht, das Denken nimmt plötzlich einen eigenen und ganz anderen Weg – und dann ist sie da, die Grundtraurigkeit. Die immer da war, aber jetzt ganz sichtbar ist, vor einem steht, sonderbarerweise nicht drohend, sondern eher hilfegebend.«

»Sie kapitulieren, Jakob und finden dafür Worte und Vergleiche, die es Ihnen leichter machen zu kapitulieren.«

»Nein, nein, Adele.«

»Mit Worten konnten Sie immer gut umgehen. Der Körper verläßt uns, läßt uns im Stich, er ist im vollen Zerfall, und jetzt trösten Sie sich und sagen: So wichtig war er gar nicht.«

»Sehen Sie das so?«

»Sagen Sie mir um Gottes willen, warum ich es nicht so sehen soll?«

»Ich gebe zu, daß man im hohen Alter eine Entscheidung treffen muß.«

»Welche, Jakob?«

»Ob man bis zuletzt seinem Körper treu bleiben soll. Was man natürlich auch tun kann. Man seufzt sich mit seinem Körper zu Tode, identifiziert sich völlig mit ihm, jammert und klagt mit ihm um die Wette, schickt sein Bewußtsein bis in jede notleidende Ader.«

»Oder?«

»Man sortiert auseinander, Körper und Bewußtsein, schickt das Bewußtsein auf die letzten Wege, sozusagen in den freien Flug, für den es auch präpariert ist.«

»Wie präpariert, Jakob?«

»Man hat zu Ende gelebt, fast zu Ende gelebt. Man hat im Rückblick zur Verfügung all die durchlebten Phasen, alle Fehler und Irrtümer eingeschlossen, von denen abgezogen ist jene Brisanz und Überzeugungskraft, die nur die Gegenwart verleiht. All das Vergangene bietet sich nun erneut und vollständig dar, in einer kaum zu übersehenden Fülle. Adele, ein Fest für das Bewußtsein, wenn es sich vom immer elender werdenden Körper getrennt hat, im freien Flug sortiert, vergleicht, bewertet. Ich habe mal als junger Mann eine Frau kennengelernt, wesentlich älter als ich, eine Dame, die ihr Bewußtsein längst auf diesen letzten freien Flug geschickt hatte. Ein Satz ist mir im Gedächtnis geblieben. Sie sagte: Es gilt der Rat der Alten, es zählt die Tat der Jungen. Ich war damals jung und war mein eigener fabelhafter Ratgeber und merkte nicht, daß ich von der eigenen Tat fasziniert war, sie bot sich an als *das* Erlebnis überhaupt, und es gab für sie nicht rechts und links, keine andere Meinung oder nur die, mit der man übereinstimmte.«

»Darf man so nicht sein, Jakob?«

»Adele, ich darf nicht mehr so sein. Das letzte Abenteuer ist nicht die Tat sondern der Gedanke.«

»Aber Sie tun doch andauernd etwas, Jakob?«

»Nur um einen Gedanken auszudrücken, sichtbar zu machen. Das was ich für einen erwähnenswerten Gedanken halte.«

»Hm«.

»Sie denken darüber nach?«

»Das ist nichts Besonderes. Seitdem ich Sie kenne, denke ich andauernd nach. Über Sie, über mich, über alles mögliche. Sie üben auf mich eine gewisse Faszination aus, Jakob.«

»Mit voller Absicht, Adele.«

»Bleiben Sie jetzt ernst, Jakob. Ich habe mich manchmal gefragt, warum Sie diese Faszination auf mich ausüben. Der Gedanke in der Tat? Die Tat nicht um ihrer selbst willen? Ich muß Ihnen etwas gestehen. Auch ich hatte meine, wie nannten Sie es, meine Lebensphasen. Ich steckte mit Haut und Haaren in meinen Erlebnissen und nur in diesen.«

»Was für Erlebnisse meinen Sie?«

»Das können Sie sich doch vorstellen. Im Moment denke ich an meine Liebesgeschichten. Gott, habe ich die wichtig genommen. Ich habe manchmal getobt, geschrien, geweint und alle Verstandeskräfte mobilisiert. Und wozu? Um auf jeden Fall zu meinem Erlebnis zu kommen. Und heute sind sie nichts mehr wert.«

»Gar nichts mehr wert, Adele?«

»Nun, manchmal wenn ich daran denke, habe ich noch ein schwaches Gefühl, leichtes Erstaunen, leichtes Gelächter, aber eher Erstaunen als Gelächter. Und das alles, meinen Sie, verlangt nach Bewertung, Beurteilung?«

»Das Einzelne nicht, nur dann, wenn es auf ein Ganzes bezogen wird.«

»Was für ein Ganzes?«

»Auf das Lebens-Ganze.«

»Auf das Lebens-Ganze.«

»Und da wären wir wieder bei der Grundtraurigkeit. Bei meiner. Bei der, die ich heute morgen hatte. Und die wohltuend war. Und dies, Jakob, auf eine unglaubliche Weise.«

»Was uns erlaubt, diesen Tag, Adele, auf eine überaus heitere Weise zu beginnen.«

Die Art, einen besonderen Tag zu feiern

In der Wohnung Adeles klingelte das Telefon.
»Wer ruft denn da an? So früh am Morgen?« wunderte sich Marianne, Adeles Tochter.
Sie hob den Hörer ab, meldete sich und hörte die Stimme Jakobs.
»Nanu, Herr Biedermann. Sie rufen zwar jeden Morgen an, aber so früh?«
»Ich weiß, daß es sehr früh ist«, erwiderte Jakob, »und entschuldige mich. Aber es ist ein besonders schöner Tag heute, kaum eine Wolke am Himmel. Wie ist das Wetter bei Ihnen?«
»Sagen Sie«, wunderte sich Marianne, »von wo rufen Sie an?«
»Aus meiner Wohnung.«
»Dann kann ich Ihnen die beruhigende Mitteilung machen, daß auch bei uns schönes Wetter herrscht, so wie in ganz Berlin, was kein Wunder ist, da das Hoch über ganz Mitteleuropa liegt.«
Jakob lachte ein wenig. Und Marianne suchte ihre Mutter, fand sie im Badezimmer.
»Mama, dein Freund ruft an, erzählt mir, daß wunderschönes Wetter sei und fragt, ob es bei uns auch so schön sei.«

»Was hast du gesagt?«
»Daß auch bei uns schönes Wetter sei. Es herrsche allgemein schönes Wetter.«
Adele lachte: »Das ist die Art Jakobs, mit der er Gespräche eröffnet, die dann immer interessanter werden.«
Adele nahm den Hörer auf und meldete sich.
Sie hörte Jakobs vertraute Stimme.
»Hallo, Adele. Ich stehe an meinem offenen Fenster und lasse Luft herein. Keine gewöhnliche Luft. Es handelt sich um Luft, wie es sie eigentlich gar nicht mehr gibt, um ganz besondere Luft also. Sie ist leichter als gewöhnlich, auf irgendeine Weise erfrischender, so als solle uns mal wieder vorgeführt werden, was Luft eigentlich ist. Gehen Sie mal ans Fenster, schnuppern Sie und sagen Sie mir dann, ob ich ein Idiot bin.«
»Kleinen Moment, bitte«, sagte Adele höflich, legte den Hörer hin.
Marianne war im Zimmer. Entschuldigend sagte Adele: »Er sagt, ich soll mal ans Fenster gehen.«
»Wieso sollst du ans Fenster gehen?«
Heiter erwiderte Adele: »Ich soll dort schnuppern. Jakob meint, über Berlin sei eine ganz besondere Luft angekommen, Luft, wie es sie eigentlich gar nicht mehr gibt.«
»Besondere Luft?« wunderte sich Marianne.
Adele öffnete das Fenster, steckte den Kopf hinaus.
Marianne sah ihr kopfschüttelnd zu, sagte ärgerlich: »Das ist ganz gewöhnliche Morgenluft, noch ein bißchen kühl. Das ist alles.«

Adele nahm den Hörer wieder auf. »Jakob? Ich war am Fenster. Ich habe geschnuppert. Es handelt sich in der Tat um Luft, wie wir sie lange nicht mehr gehabt haben.«
»Nicht wahr, Adele. Es gibt drückende Luft, schwere Luft, feuchte Luft, Luft, die mal zu kalt ist, mal zu warm, aber diese Luft ist wie Quellwasser, in dem man baden möchte.
Heiter sagte Adele: »Ich entnehme also, daß Sie Lust haben, baden zu gehen.«
Marianne hob erschrocken den Kopf. »Was wollt ihr?« fragte sie entsetzt, »baden gehen?«
»In dieser Luft, liebe Tochter«, erklärte Adele, »die in der Tat eine ganz besondere Luft ist.«
Sie erklärte ihr dann, was Jakob daraufhin gesagt hatte. »Er sagt, du hast die Nase nicht. Die Nase für besondere Luft gehe immer mehr verloren.«
Sie wandte sich wieder dem Apparat zu.
»Was soll ich anziehen, Jakob?«
»Lassen Sie mich überlegen, Adele. Ah, was überlege ich? Festlich, Adele. Eine solche Luft verdient es, festlich empfangen zu werden.«
Dieses Gespräch gab Marianne übrigens am Abend ihrem Manne wieder. Besorgt fragte sie: »Was sind das für Gespräche? Über Luft, ich bitte dich. Werden alte Leute kindisch? Und ist dies eine Vorstufe beginnender geistiger Verwirrtheit?«
Ihr Mann hatte den Kopf geschüttelt und war ebenfalls sehr besorgt, hatte dann aber hinzugefügt: »Die Luft war heute in der Tat eine ganz besondere Luft.«

Adele war in ihr Zimmer gegangen und beschäftigte sich mit der Frage, wie man sich festlich anzieht, zog dann schließlich irgendein Kleid an, alle Kleider kamen ihr plötzlich festlich vor, was sie mit der Feststellung verband, daß jedes Kleid festlich wirkt, wenn man nur festlich gelaunt ist.

Adele bestellte ein Taxi und ließ sich zum Kurfürstendamm fahren.

Jakob saß bei Kempinski, hatte dort offensichtlich gefrühstückt.

Er erhob sich, begrüßte Adele mit einem Handkuß.

»Meine Liebe«, sagte er, »in einem Punkt enttäuschen Sie mich nie. Sie sehen immer aus, wie ich erwartet habe, daß Sie aussehen.«

Seufzend erwiderte Adele: »Obwohl es immer mehr Mühe macht auszusehen wie erwartet wird, daß man aussieht. Bin ich etwas spät?«

»Meine Liebe«, sagte Jakob, »die Luft, die ganz besondere Luft, die uns heute besucht und eine der immer seltener werdenden Vorstellungen gibt, ist noch da, und sie wird den ganzen Tag dasein. Setzen Sie sich und trinken Sie einen Kaffee mit mir.« Er lächelte: »Auch der Kaffee sollte heute ein besonderer Kaffee sein. Mit einem Schuß Verwegenheit.«

»Weil es ein besonderer Tag ist?«

»Weil es ein besonderer Tag ist, Adele.«

»Gut, dann nehme ich den Kaffee mit dem kleinen Schuß Verwegenheit.«

Jakob winkte dem Ober. »Einen Kaffee, Herr Ober. Und dazu einen Kognak.«

Dann saßen sie ganz still und sahen sich an.
Jakob sah heute anders aus, fand Adele. Sie fand ihn plötzlich zarter, so als habe sich ein Eindruck von Zerbrechlichkeit erhöht, aber sein Blick war intensiver geworden und irritierte Adele. Was war da herauszulesen? Ironie? Oder auch Melancholie? Was hatte Jakob einmal gesagt? Wovon hatte er gesprochen? Von seiner Grundtraurigkeit?
Etwas besorgt stellte Adele fest, daß Jakobs Blick von allem etwas enthielt, Traurigkeit ebenso wie Ironie. Und da war noch etwas.
»Was sehen Sie mich so an, meine Liebe?«
»Jakob«, seufzte Adele, »ich studiere Sie, solange ich Sie kenne. Aber es bleibt immer ein Rest.«
»Nichts dagegen«, lächelte Jakob, »wenn dieser Rest nur aufregend ist.«
»Er ist es«, bestätigte Adele und wußte plötzlich, was Jakobs Blick noch enthielt: Mut.
Er ist mutig, dachte sie, heute besonders mutig, auf eine ebenso traurige wie verwegene Art mutig.
»Studieren Sie mich immer noch?« fragte Jakob.
»Es geht mir um den Rest, Jakob«, lachte Adele und fühlte, daß sich ihr die Verwegenheit Jakobs mitteilte.
»Was machen wir heute, Jakob?«
»Ich habe keine Ahnung, meine Liebe. Aber ich dachte, es wird mir schon etwas einfallen. Wir fahren raus, meine Liebe. Wir suchen alles, was schön ist, und wo wir es finden – bleiben wir stehen.«
Er setzte hinzu: »Die meisten Menschen können nicht

stehenbleiben, wenn sie das Schöne gefunden haben, das zu finden sowieso selten genug ist.«
Sie gingen hinaus auf die Straße. Der Morgen war noch so jung, daß das Licht schräg durch die Straßen sauste, alles konturierte, nicht grell, aber ungeheuer deutlich, so als gäbe es plötzlich keinen Staub mehr, als habe irgend jemand über Nacht die Erde freigemacht vom Staub, ihn hinweggeblasen vom Gegenstand Erde.
Alle Leute gingen ruhiger, harmonischer, wie staunend und ohne zu wissen, daß sie insgeheim staunen.
Jakob und Adele gingen die Straße hinunter, als Jakob vor einem Laden stehenblieb.
Es war ein Autoladen. Eine Art Pavillon, vorgeschoben mit einer Aluminiumkonstruktion, mit blitzenden Scheiben, halbrund um eine Ecke gebaut, ein aufdringlicher Laden, nicht zu übersehen.
Im Laden sah man eine Reihe von Autos der allerersten Klasse, wirkliche Nobelkarossen. Sie standen schweigend, glänzend, in gewisser Weise hochmütig, Gegenstände wie nicht von dieser Welt, jedenfalls nicht von der gewöhnlichen Welt. Sie sahen sich selber als Wunschträume, die, so und dort stehend, eine Art Lebensziel erreicht hatten, nur dazusein und Träume zu sein.
»Hm«, sagte Jakob, atmete tief auf und meinte dann entschuldigend: »Der Tag ist es, Adele, dieser ganz besondere Tag. Daß man sie zuweilen immer noch spürt, diese ganz besondere Lebensunruhe, die selbst von unsereinem noch Taten verlangt.«

»Taten, Jakob?« fragte Adele besorgt.
Aber Jakob schritt schon auf die Eingangstür zu, öffnete sie, sah sie etwas fremd an. »Kommen Sie, Adele.«
Sie standen nun im Ausstellungsraum. Der Boden spiegelte. Alles spiegelte. Besonders die Karossen, sie spiegelten in Schwarz, in Silber, in Weiß. Und schwiegen immer noch.
»Jakob«, flüsterte Adele.
»Wie gefallen Ihnen diese Autos?«
»Ich verstehe nicht viel davon, Jakob, aber soviel sehe ich: Es ist das Feinste vom Feinen. Was tun wir hier, Jakob?«
»Hm«, meinte Jakob, »es wird doch noch erlaubt sein, das Feinste vom Feinen aus der Nähe zu besehen.«
Jakob wanderte langsamen Schrittes durch den Raum. Etwas beklommen folgte ihm Adele.
Marmor, Palmen in Kübeln, vornehme Stille.
Jetzt erschien jemand im Hintergrund, fast lautlos. Ein junger Mann zeigte sich, kam mit etwas blassem Gesicht näher. Er sah so makellos aus wie die Autos, die er zu bewachen hatte.
»Sie wünschen?« fragte der junge Mann. Er taxierte das Paar, registrierte: Alte Leute, der Herr wohl an die achtzig, die Dame ein wenig jünger, in gewisser Weise gute Leute, Kapital? Da wird man wohl sehen müssen.
»Man darf sich mal umschauen?« fragte Jakob. Und nun wußte Adele, das Spiel hatte begonnen. Diese Stimme Jakobs kannte sie, eine Stimme, aus der er das Persönliche entfernt hatte und die fast ein wenig hoch-

mütig war, nicht sehr hochmütig, nur soviel, daß der Hochmut nicht aufdringlich war. Nichts ist schlimmer als aufdringlicher Hochmut. Es handelte sich also um ganz leisen Hochmut, der auf den jungen Verkäufer seinen Eindruck nicht verfehlte.

»Wenn ich Ihnen behilflich sein kann«, sagte er, »wenn Sie mir sagen wollen, wohin Ihr Interesse geht.«

Ernst und gemessen sagte Jakob: »Wir wollen uns umschauen, ob wir vielleicht einem Fahrzeug begegnen, das ja zu uns sagt und zu dem wir dann ja sagen können.«

Er musterte den jungen Mann: »Sie sind ein geschulter Verkäufer?«

Etwas gekränkt erwiderte der junge Mann, ernstlich in seiner Würde berührt: »Sie werden hier nur von geschultem Personal bedient.«

»Dann wissen Sie sicher, daß jedem Verkaufsabschluß etwas vorausgeht.« Er hob die Stimme fragend: »Na, was?«

»Ich weiß nicht«, sagte der junge Verkäufer irritiert, »was meinen Sie?«

»Nun«, sagte Jakob und wie es schien, etwas strenger: »Es muß eine besondere Beziehung herrschen zwischen dem Käufer und dem, was er kaufen möchte. Wir wollen uns also ein wenig umschauen, ob sich diese Beziehung herstellen läßt, zwischen uns und irgendeinem Auto hier, ob das Herz nicht plötzlich den Finger hebt und sagt: Dieses da. Und dieses unter allen Umständen.«

Fast ein wenig ärgerlich sah er den jungen Mann an: »Werden so nicht Autos verkauft?«
Der junge Mann fühlte sich erneut irritiert, meinte: »Nun ja, sehen Sie sich nur um.«
Er begleitete diese Worte mit einer Handbewegung, die auch etwas Verächtliches hatte, so als müsse er sich verteidigen. Er blieb stehen und sah den beiden älteren Herrschaften nach, die sich nun bewegten, zwischen den Autos hin und her gingen, vor ihnen standen und gedankenvoll verharrten.
Adele flüsterte: »Er reizt Sie, nicht wahr?«
»Ein wenig, Adele, ein wenig.«
»Er ist arrogant, nicht wahr?«
»Sieht so aus.«
»Wir sind ihm für seine feinen Autos nicht fein genug.«
»Anscheinend«, murmelte Jakob.
Er hob den Kopf, dann die Hand, signalisierte dem Verkäufer näherzukommen.
»Darf man dieses Auto einmal näher ansehen?«
Der junge Mann war fast unangenehm berührt, sagte steif: »Das ist ein Rolls-Roce.«
Jakob verwies ihn: »Was ich ja sehe, lieber Freund, darf man mal die Tür öffnen?«
Der junge Mann rührte sich nicht, sagte verhalten: »Sie interessieren sich für dieses Auto?«
»Ich interessiere mich für dieses Auto«, sagte Jakob ruhig.
Der junge Mann räusperte sich: »Ich glaube, es ist besser, wenn ich Ihnen vorher erst mal den Preis sage.«

Jakob antwortete gemessen: »Soweit sind wir noch nicht.«
Er wandte sich Adele zu, sah sie aufmerksam an: »Wie gefällt Ihnen das Auto?«
»Hm«, meinte Adele, »ein gewaltiges Stück. Ein bißchen sieht es aus wie ein Elefant.«
Fast neugierig fragte Jakob: »Wie kommen Sie auf Elefant?«
»Würde er das nicht sein. Unter lauter kleinen Fahrzeugen, die dann Minderwertigkeitsgefühle bekämen?«
Jakob verwies sie: »Autos, Adele, haben keine Gefühle. Nur die Menschen, die sie fahren. Und die haben alle möglichen Gefühle. Minderwertigkeitsgefühle allerdings eher selten, denn die lassen sich ja sehr schnell beseitigen«, er wandte sich an den Verkäufer, »und wie, junger Freund?«
Da der junge Mann nicht antwortete, setzte Jakob hinzu: »Mit dem Gashebel.«
Er hatte inzwischen die Tür des Wagens geöffnet. »Darf man sich mal hineinsetzen?«
Der junge Mann machte erneut einen Versuch zu widersprechen. »Vielleicht sollte ich doch noch mal auf den Preis zu sprechen kommen.«
»Später, lieber Freund, später.«
Er schlug die Tür wieder zu, öffnete sie erneut, schloß sie wieder, sah den jungen Mann aufmerksam an.
»Auch dies ist eine Möglichkeit festzustellen, wie einem ein Wagen in der Hand liegt. Das beginnt ja mit

der Tür. Schon die Tür sagt ja oder nein. Herzlich willkommen oder bleiben Sie draußen.«
Er lachte: »Was erzähle ich Ihnen. Sie werden ja über Autotüren nachgedacht haben.«
Dem jungen Mann schien es nun ein wenig an Luft zu fehlen, er öffnete den Mund, schloß ihn wieder.
»Kommen Sie mal, Adele. Wollen Sie einmal probieren.«
»Sehr gerne, Jakob.«
»Schließen Sie die Tür. Wie fällt sie ins Schloß?«
»Sanft und doch entschieden.«
»Mit einem satten Ton, nicht wahr? Man könnte den Vergleich mit einem Geldschrank anführen, aber wir tun es nicht und dies aus einem einzigen Grunde: weil er sich von selbst versteht.«
Er wandte sich erneut an den Verkäufer: »Darf man mal hineinsteigen?«
Der Verkäufer wurde seiner wachsenden Aggression nicht Herr. »Und darf ich fragen, was für einen Wagen Sie zur Zeit fahren?«
Jakob sah den jungen Mann groß an. »Gar keinen, lieber Freund.«
»Gar keinen?« rief der Verkäufer überrascht.
»Ich fahre seit Jahren kein Auto mehr, was nicht ausschließt, daß ich es wieder tun möchte.«
Er setzte sich in den Wagen hinein.
Adele fragte: »Wie sitzt man?«
»Hm«, meinte Jakob, »dagegen ist nichts zu sagen. Hervorragender Körperkontakt.«

Er sah den Verkäufer an: »Sie werden nichts dagegen haben, wenn ich sage, auch einen solchen Wagen fährt man mit dem«, er unterbrach sich. »Sie wissen sicher, was ich meine.«
»Durchaus«, sagte der junge Mann ärgerlich.
»Wollen Sie einmal einsteigen, Adele.«
Adele setzte sich nun ebenfalls in den Wagen.
»Na, Adele?«
»Hervorragend, Jakob. Ich fürchte, ich muß Ihnen jetzt etwas gestehen. Man setzt sich in einen Wagen hinein und hat doch gewöhnlich ein erstes Gefühl...«
»Was für ein erstes Gefühl stellt sich ein, Adele?«
»Ein Gefühl, das mir sagt: zu Hause.«
»Zu Hause, Adele?«
»Ich bin selbst ganz überrascht, aber es ist so. Ich fühle mich auf äußerst angenehme Weise geborgen.«
»Und wie zu Hause?«
»Ja.«
»Sehr gut, Adele. Aber wir wollen nicht vorschnell urteilen. Wir haben den Motor noch nicht gehört.«
Jakob stieg aus.
»Wollen Sie mal den Motor anlassen.«
Wortlos holte der Verkäufer einen Schlüssel von einem Schlüsselbrett, kam heran, stieg ein und ließ den Motor an.
Der Motor lief leise, war kaum zu hören.
Jakob lauschte dem Klang nach.
»Was sagen Sie, Adele?«
»Hört sich gut an. Fast möchte man daran zweifeln, daß es sich um ein Motorengeräusch handelt.«

»Eher ist es Musik, nicht wahr?«
Er wandte sich an den Verkäufer: »Wir möchten den Wagen gern probefahren.«
Der junge Mann schien zu versteinern. »Probefahren?«
»Was ja nichts Ungewöhnliches ist«, sagte Jakob sehr ruhig, ließ den jungen Mann nicht aus dem Blick, »wenn man sich ernsthaft für einen Wagen interessiert.«
Der junge Mann schien seine Sicherheit zu verlieren, eine Art von ärgerlicher Ratlosigkeit wurde immer deutlicher.
»Ich bitte um Entschuldigung«, stieß er hervor, holte Luft, fragte dann und konnte einen schneidenden Ton in seiner Stimme nicht zurückhalten: »Ja, können Sie sich denn so einen Wagen leisten?«
Jakob krauste ein wenig die Stirn, fragte nun seinerseits ein wenig steif: »Würden Sie mir deutlicher sagen, wonach Sie fragen?«
»Ich frage nach Ihren persönlichen Verhältnissen.«
Gemessen antwortete Jakob.
»Meine persönlichen Verhältnisse sind geregelt. Ich nehme an, daß Sie es nicht oft zu tun haben mit Leuten, die von sich sagen können, daß ihre persönlichen Verhältnisse geregelt sind.«
Er sah den jungen Mann fest an: »Ich möchte diesen Wagen gern probefahren.«
Ärgerlich wandte der junge Mann ein: »Sie sagten doch selbst, daß Sie seit Jahren keinen Wagen mehr gefahren haben.«

»Aber, junger Freund, ich habe einen Führerschein, der noch gültig ist. Wollen Sie mal sehen?«
Jakob holte seinen Führerschein heraus, reicht ihn dem jungen Mann.
Der nahm ihn, eher verblüfft und eigentlich nur, um Zeit zu gewinnen. Er wendete den Schein hin und her, besah die Eintragungen und hob dann den Kopf, stieß hervor: »Sie sind ja über achtzig.«
»Was erschreckt Sie daran«, sagte Jakob aufmerksam, »Sie verkaufen teure Autos, also müssen Sie doch hohe Zahlen gewöhnt sein.«
»Sie wollen diesen Wagen selbst fahren?« In seiner Stimme war eine Art von Entsetzen unüberhörbar, »Ihr Führerschein ist fünfzig Jahre alt.«
Jakob lächelte ein wenig: »Ein goldener Führerschein auf dem Weg zum diamantenen.«
Der Fahrer war mit seinem Latein am Ende. Er stammelte: »Darf ich mal eine Rückfrage halten?«
»Halten Sie, halten Sie«, sagte Jakob ruhig.
Der junge Mann verschwand im Hintergrund, Stille kehrte ein.
»Jakob«, flüsterte Adele, »jetzt sollten Sie mir sagen, welches Ende Sie für diese Szene vorgesehen haben, die mir gewissen Spaß gemacht hat, aber ihren Höhepunkt erreicht hat.«
»Noch nicht erreicht hat, Adele.«
Der junge Mann kam wieder zurück, mit gefrorener Miene, ebenso indigniert wie ratlos.
»Der Probefahrt steht nichts im Wege, mein Herr. Bedingung allerdings, daß ich fahre.«

Was er nun sagte, war fast wie ein Schrei: »Das Auto kostet einhundertsechzigtausend Mark.«
»Ich bin sicher«, antwortete Jakob gemessen, »daß es das wert ist. Machen wir also eine Probefahrt.«
»Wohin«, sagte der junge Mann, immer mit noch schneidender Stimme.
»An die Havel, lieber Freund. Ich hoffe, Sie haben bemerkt, was für einen Tag wir heute haben. Da sagt sich doch jeder: nichts wie hinaus ins Freie.«
So nahmen denn Jakob und Adele Platz im Fond dieses Rolls-Royce. Der Verkäufer saß vorn hinter dem Steuer, ein wenig verbissen und schweigsam.
So fuhren sie den Kurfürstendamm hinunter, fanden in langsamer Fahrt den Weg durch die Villenviertel des Grunewalds.
Langsam wandte Jakob den Kopf, sah die Blicke Adeles auf sich gerichtet.
»Wie fühlen Sie sich, Adele?«
»Es ist ein Erlebnis, Jakob. Ich geniere mich fast, etwas festzustellen.«
»Was stellen Sie fest?«
»Mein Selbstgefühl erfährt eine Steigerung.«
»Was Ihr Selbstgefühl natürlich nicht nötig hat.«
»Dennoch ist es ein Erlebnis ganz besonderer Art.«
Heiter lehnte sich Jakob zurück: »Das wir dann auch genießen wollen.«
So fuhren sie langsam der Havel entgegen, schließlich an der Havel entlang. Die Wasserflächen blitzten, spiegelten, ein Furiosum an Licht, als finde eine Vermäh-

lung der Elemente statt, die Luft mit dem Wasser, das Licht mit allen Gegenständen.
Jakob murmelte: »Sagte ich es nicht: ein besonderer Tag. Das traurige ist, daß einige Leute diesen besonderen Tag nicht bemerken. Vielleicht haben sie das Gefühl für besondere Tage verloren. Ein Verlust, der in der Tat ärgerlich ist und Folgen haben wird.«
An einer Stelle, die Jakob besonders malerisch fand, bat er den jungen Fahrer zu halten.
Jakob stieg aus, bat auch Adele, den Wagen zu verlassen. Höflich wandte sich Jakob an den Fahrer.
»Nicht schlecht, mein Lieber«, sagte er ruhig, »dennoch habe ich mich gegen diesen Wagen entschieden. Der Motor ist zu leise.«
»Wie«, sagte der junge Mann perplex, »zu leise? Der Motor?« »So ist es«, beharrte Jakob, »man hört ihn nicht. Na, hören Sie«, hob er die Stimme, »ein Motor, den man nicht hört. Und noch etwas: In diesem Wagen klappert nichts.«
Der Verkäufer ächzte: »Klappert nichts?«
»Ich will nicht sagen«, fuhr Jakob fort, »daß ein Wagen bei seiner Arbeit ächzen und stöhnen muß, aber man sollte ihn hören, spüren, ein Geräusch hier, ein Geräusch da, ein Wagen sollte dadurch Leben erhalten. Dieser Wagen fährt ja mit angehaltenem Atem durch die Gegend.« Er lächelte: »Nichts für uns, die wir auf Atem angewiesen sind. Ihn zu haben, ihn zu hören.«
Er deutete eine kleine Verbeugung an: »Besten Dank jedenfalls.«

Der junge Mann hatte erneut Schwierigkeiten mit seinem Atem, setzte mehrmals an, etwas zu sagen, schien zu überprüfen, was er sagen wollte, und entschied sich schließlich für die Bemerkung: »Ich glaube, Sie sind ein Filou.«

Er sagte es eher nachdenklich, fast ein wenig staunend, und so, daß man im Hintergrund ein Gelächter spürte, das sich sicher erst später Bahn brechen würde.

Er wendete den vornehmen Wagen, so wie man einen jungen Hund an der Leine herumreißt und brauste davon.

Adele sah Jakob nachdenklich an.

»Sie sind wirklich ein Filou, Jakob. Er hat Sie durchschaut.«

»Und das, liebe Adele, spricht letzten Endes für ihn.«

Er atmete tief auf: »Und nun, liebe Adele, genießen wir den Tag, nachdem wir ihm standesgemäß entgegengefahren sind.«

Sie gingen an der Havel entlang, und die Luft war nach wie vor eine ganz besondere Luft, so wie es sie nur ganz selten gibt – und wie sie leider immer seltener sein wird.

Jeder Mensch muß eine Tür hinter sich zumachen können

Adele war sehr früh aufgestanden und auf dem Weg zu Jakob. Sie war zu Fuß gegangen, ein Weg von einer halben Stunde, der ihr inzwischen so geläufig war, daß sich der Eindruck von Vertrautheit eingestellt hatte. Fast kannte sie die Leute, die am Rande dieses Weges wohnten, die Erwachsenen, die Kinder.

Das Leben ist Wiederbegegnung, dachte Adele.

So kam sie vor dem Hause Jakobs an, drückte die Klingel und hörte die Stimme Jakobs in der Sprechanlage.

»Wer ist da bitte?«

»Hier ist Adele. Ich weiß, was Sie sagen wollen, lieber Jakob. Sie wollen sagen, daß Sie mir einen Schlüssel gegeben haben, damit ich kommen kann, wann ich will, ohne die Klingel zu benutzen.«

»Warum benutzen Sie sie?«

»Um Sie zu warnen, Jakob. Ich bin heute morgen irrsinnig gut gelaunt und möglicherweise eben dadurch schwer zu ertragen. Und nun, da Sie gewarnt sind, mache ich die Tür auf.«

Adele ging also die Treppe hinauf, Stockwerk für Stockwerk.

Jakob hatte seine Wohnungstür schon geöffnet.
»Wieso sind Sie so gut gelaunt?« fragte er.
»Ich weiß es nicht. Es passierte mir, als ich aufwachte.«
»Und äußerte sich wie?«
»Mit einem ganz unerklärlichen Wohlgefühl. Eine Art Wärme, die bis in die Füße ging. Sie wurden ganz leicht, und ich sprang förmlich aus dem Bett.«
»Und dies alles ohne erkennbaren Grund?« staunte Jakob.
»Ohne erkennbaren Grund. Es war einer jener Momente, die leider sehr selten sind, als werde etwas festgestellt, nämlich: Da ist das Leben undd hier bin ich. Und wir mögen uns.«
Sie sah sich um: »Sie haben noch nicht gefrühstückt?«
»Nein«, zögerte Jakob, »ich kam nicht dazu.«
»Gut, dann weiß ich jetzt wohin mit meinem Tatendrang. Setzen Sie sich nur hin, ich mache Ihnen Frühstück.«
»In Ordnung, Adele. Aber nur Kaffee, ich habe keinen Hunger.«
»Wieso haben Sie keinen Hunger?«
»Es kommt vor, daß man keinen Hunger hat.«
»Jakob«, sagte Adele energisch, »wenn Sie keinen Hunger haben, dann hat das einen Grund. Was fehlt Ihnen?«
»Mir fehlt nichts. Ich bin nur nicht so gut gelaunt wie Sie. Ich habe da keine unerklärliche Wärme, die bis in die Füße geht, eher ein Gefühl von Kälte.«
Adele zeigte ihre erschrockene Nachdenklichkeit.

»Kälte?«
»Nicht Eiseskälte«, beschwichtigte sie Jakob, »aber doch eine gewisse Kühle.«
»Die ganz plötzlich gekommen ist.«
»Ja«, erwiderte Jakob trocken, »sie kam mit der Post.« Er zeigte auf einen geöffneten Brief, der auf dem Tisch lag. »Ich habe einen Brief bekommen von der Hausverwaltung.«
»Darf ich ihn lesen?«
»Lesen Sie ihn lieber nicht, Adele. Sie werden Ihre gute Laune verlieren. Und eine gute Laune, wenn man sie schon mal hat, was selten genug ist, sollte man pflegen.«
Adele nahm den Briefbogen in die Hand.
»Jakob«, erklärte sie fest, »meine gute Laune verlieren? Das wird dieser Brief nicht schaffen.«
Sie las den Brief, schüttelte den Kopf. »Kein Gedicht, Jakob. Sie wollen die Miete erhöhen?«
»Stellen Sie sich vor.«
»Und gleich um so viel?«
»Gleich um so viel, Adele.«
Sie ließ den Briefbogen sinken. »Und –? Was bedeutet das?«
»Es bedeutet: Zahlen oder raus.«
Nun war Adele echt entsetzt. »Was denn, was denn«, empörte sie sich. »Raus? Aus dieser Wohnung? Jakob, in dieser Wohnung sind wir zu Hause.«
»Sie sagen wir?«
»Ich bin hier genau so zu Hause wie Sie«, sagte Adele hitzig.«

Jakob lächelte.
»Wissen Sie, daß sich meine Stimmung schon ein wenig gebessert hat.«
»Weil ich sage, daß auch ich hier zu Hause bin? Und wie ich hier zu Hause bin. Ich liebe die Straße, das Haus, die Nachbarn, die Kinder.« Ärgerlich setzte sie hinzu: »Sogar den Hausmeister, wenn auch diesen mit gewisser Überwindung.« Sie schüttelte den Kopf.
»Bedeutet der Brief wirklich: bei Nichtakzeptieren der Mieterhöhung raus?«
»Ja, ich müßte die Wohnung dann aufgeben.«
Adele atmete tief auf. »Das kommt nicht in Frage, Jakob. Diese Wohnung wird nicht aufgegeben.«
Sie sah sich um.
Jakobs Wohnung war eine alte Wohnung, was bedeutete, daß sie groß war, mit hohen Decken. Das Haus stammte aus einer Zeit, in der man Menschen mehr Platz zubilligte als heute. Es war keine Vogelkäfig-Wohnung, in der man sich eher eingesperrt vorkam.
Und wie sie eingerichtet war. Adele kannte schließlich die Geschichte der Möbel. Ein Schrank, den Jakob auf abenteuerliche Weise aus Ostpreußen mitgebracht hatte, ein Bild, das er mal in Worpswede gekauft hatte, um einem Maler ein Abendessen zu ermöglichen, Bücher, die er auf einer Auktion erstanden hatte, darunter war eine Erstausgabe von Hermann und Dorothea.
Jakob hatte mal gesagt: Was Sie in dieser Wohnung sehen, Adele, sind die zusammengekehrten Reste von Lebensgegenständen, ein verbliebener Rest, von dem ich mich nicht trennen werde.

Jakob hatte Kaffeetassen auf den Tisch gestellt. Ganz plötzlich schien er demütige Bewegungen zu haben. Es schien, als bewege er sich eine Spur schleppender.
Adele zog scharf die Luft ein. »Jakob«, rief sie, »Sie werden doch jetzt keinen Kaffee trinken. Wir haben keine Zeit, Kaffee zu trinken.«
Er sah sie ruhig an. »Liebe Adele«, meinte er dann, »wir lieben es, uns etwas vorzumachen. Ein bißchen, meine Liebe, sind wir wie Hochstapler. Wir zeigen mehr Kraft als wir haben. Ein bißchen benehmen wir uns wie eine Clownstruppe im Zirkus, wir bramarbasieren, stolzieren herum mit dem Gehabe: Uns kann keiner.«
Er stand ganz ruhig. »Aber sie können uns. Und wenn so ein Brief kommt, dann wird uns klargemacht, wer wir sind.«
»Und wer sind wir?« fragte Adele hitzig.
»Ohne Macht«, sagte Jakob ruhig.
»Hören Sie«, erklärte Adele aufgebracht, »Sie befinden sich da in einer Laune, die mir nicht gefällt. Und die Ihnen nicht steht. Was jetzt zu überlegen ist: Wie gehen wir vor?«
»Liebe Adele, ich habe hin und her überlegt. Mein erster Gedanke war, die Leute aufzusuchen.«
»Wieso hatten Sie danach einen zweiten? Ihr erster Gedanke war der richtige. Wir suchen die Leute auf und werden mit Ihnen ›Tacheles‹ reden.«
»Und was ist das, Adele?«
»Wir werden ihnen sagen, daß diese Erhöhung von uns

nicht akzeptiert wird, daß wir uns dagegen wehren werden.«
»Ein Schauspiel«, murmelte Jakob.
»Was ist ein Schauspiel?« fragte Adele.
»Sie, Adele, bieten ein Schauspiel« Er lächelte: »Eins das mir gefällt. So habe ich Sie noch nie gesehen.«
Jakob stellte das Wasser ab, zog sich die Schuhe an.
»Okay, Adele«, sagte er, »versuchen wir unser Glück.«
Sie gingen hinunter auf die Straße und dann bis zur nächsten Ecke, wo sich ein Taxistand befand.
»Wir fahren, Jakob«, sagte Adele. »Beim Gehen verbraucht man zuviel Kraft. Und das können wir uns nicht leisten.«
So saßen sie schließlich in einem Taxi.
»Was werden wir ihnen sagen, Jakob.«
»Ich überlege.«
»Wir müssen den Leuten erscheinen wie ein Gewitter, mit Blitz und Donner.«
»Adele«, wunderte sich Jakob.
»Wissen Sie, wie ich mir vorkomme. Wie ein Vulkan, kurz vor dem Ausbruch.«
»Die Temperatur hätten Sie?«
»Mein Inneres, Jakob, ist rotglühend, und ich würde es gern loswerden.«
Jakob mahnte: »Aber denken Sie daran, wir dürfen die Leute nicht beleidigen.«
»Auch nicht ein bißchen?«
»Ein bißchen vielleicht, damit sie sehen, daß wir es

ernst meinen. Es kommt auf unsere Argumente an«, er setzte hinzu: »die wir leider noch nicht haben.«

»Halten Sie dort«, befahl Adele dem Fahrer.

»Warum halten wir, Adele?«

»Wir steigen aus. Kommen Sie.«

Sie verließen das Taxi, standen auf der Straße.

»Warum sind wir ausgestiegen, Adele?«

»Wegen der Argumente, die wir noch nicht haben. Wir können die Leute nicht aufsuchen, ohne ein Konzept zu haben.«

Sie sah voraus.

»Wie schön, Jakob, daß das Wort stimmt, daß Berlin an jeder Straßenecke eine Kneipe hat. Auch jene Ecke dort hat eine.«

Sie betraten also eine Kneipe, die jetzt zu dieser frühen Stunde nur wenig besucht war.

»Wir trinken zunächst mal etwas, Jakob. Das hat uns immer noch gut getan.«

»Wollen Sie Ihr glühendes Inneres abkühlen?«

»Nein, Jakob, die Temperatur bleibt.«

Sie bestellten je ein Bier und je ein Schnäpschen, tranken dies in gewohnter Weise und sahen sich an.

»Ein merkwürdiger Zustand, Jakob«, murmelte Adele, »ich bin nämlich immer noch gutgelaunt.« Staunend fragte sie: »Kann man das sein? Irrsinnig gutgelaunt und dennoch irrsinnig zornig.«

»Das ist zuweilen möglich«, sagte Jakob, »aber es handelt sich da ganz gewiß um eine gefährliche Mischung.«

»Ich habe auch nicht die Absicht, ungefährlich zu sein,« erklärte Adele.
»Also jetzt mal ganz sachlich: Worauf haben wir uns einzustellen?«
»Auf ein Büro, Adele. Und auf Leute, wie man sie in einem Büro findet.«
»Was für Leute sind das?«
»Wenn es sich um richtige Büroleute handelt, dann sind sie Teil ihres Büros. Sie tragen ihr Büro wie eine Panzerweste.«
»Gut«, sagte Adele verächtlich, »dann stellen wir uns diese Panzerwesten mal vor. Wenn ich das richtig beurteile, es kommt wohl auf unseren Auftritt an.«
»So ist es, Adele.«
»Wie wir erscheinen und welchen Eindruck wir machen – auf Panzerwesten.«
»Ja, darauf kommt es an.«
Adele wandte sich an den Wirt. »Haben Sie einen Nebenraum, den Sie uns mal zur Verfügung stellen können?«
»Ja, wollen Sie Billard spielen?«
»Nein, wir wollen nicht Billard spielen.«
»Es steht ein Billardtisch darin.«
»Das würde uns nicht stören.«
Der Wirt schloß den Nebenraum auf, sah beide ein wenig verwundert an.
»Wir üben ein wenig«, sagte Adele, »und möchten niemanden stören.«
»Aha«, nickte der Wirt, »Sie üben für eine Theateraufführung.«

»So könnte man das nennen. Bringen Sie uns noch mal dasselbe, ein Bier und ein Schnäpschen.«
Jakob sah sich um.
Der Raum war noch ungelüftet, es roch nach Zigaretten, nach Bier und Schweiß, übriggeblieben vom gestrigen Abend. Da standen alte Garderobenständer herum, auf einer schwarzen Tafel waren Kreideaufzeichnungen nur halb weggewischt, ein einzelnes Hirschgeweih, halb zerbrochen, schmückte eine Wand. Jemand hatte an einer Geweihstange einen Schlips aufgehängt und ihn dort wohl vergessen.
Jakobs Blick wanderte herum.
»Theater?« murmelte er.
»Stören wir uns nicht an der Umgebung, Jakob. Also, stellen wir uns vor, ein Büro. Nehmen wir mal an, wir haben die Tür aufgemacht«, sie streckte die Hand vor, »und da sitzen sie, die Panzerwesten.«
»Ich würde vorschlagen ...« begann Jakob, »wir kommen ganz gelassen herein.«
»Gelassen?« wunderte sich Adele.
»Gelassen, Adele«, sagte Jakob, »in der Gelassenheit liegt Überzeugungskraft, im Zorn nicht.«
»Aber haben Sie mir nicht zugehört, Jakob. Ich sagte Ihnen doch, in welcher Weise ich heute morgen aufgewacht bin. Gelassenheit war nicht dabei.«
Sie zögerte: »Aber gut. Ich kann es ja versuchen. Kommen wir also gelassen. Vielleicht nicht sehr gelassen, ein bißchen gelassen, was reichen muß. Im übrigen aber mit steinerner Miene.« Sie sah Jakob fragend an: »Einverstanden, mit steinerner Miene?«

»Es wird niemanden beeindrucken.«

»Aber wir wollen uns doch beschweren«, sagte Adele hitzig, »wir wollen sagen: Sie haben die Miete erhöht. Wieso? Wie kommen Sie dazu? Das ist eine Schweinerei.« Sie sah Jakob an: »Es ist doch eine.«

»Adele«, sagte Jakob ruhig, »die Leute haben von ihrem Recht Gebrauch gemacht, die Miete zu erhöhen. Wir können nur Aufklärung verlangen und uns belehren lassen über unsere Rechte.« Er setzte hinzu: »Falls wir welche haben.«

»Das sehe ich aber ganz anders. Man müßte den Leuten erklären, was eine Wohnung ist.«

»Was eine Wohnung ist?« wunderte sich Jakob.

»Eine Wohnung«, Adele holte tief Luft, »ist doch mehr als eine Wohnung. Jakob, da gibt es die ganze irrsinnige Welt–«

»Die ganze irrsinnige Welt?«

»Ich wiederhole–« sagte Adele fest, »da gibt es die ganze irrsinnige Welt, die kein Mensch aushalten kann, wenn er nicht eine Tür hinter sich zumachen kann.«

Jakob sah sie ruhig an.

»Was sagen Sie dazu?« fragte Adele ungeduldig.

»Ich überlege noch.«

»Wissen Sie, daß ich gerade einen Lehrsatz gefunden habe.«

»Einen Lehrsatz?«

»So gut wie einen Lehrsatz. Ich kenne bedeutend schlechtere.«

»Wie lautet Ihr Lehrsatz, Adele?«

Sie holte Atem, sagte langsam, betonte jedes Wort: »Jeder Mensch muß eine Tür hinter sich zumachen können.« Sie machte eine Pause. »Das ist die Bedeutung einer Wohnung. Und das bedeutet weiterhin, daß man lernen muß, wie man eine Tür hinter sich zumacht.«
Jakob blieb ganz ernst.
»Wie mache ich eine Tür hinter mir zu?«
»So daß man weiß und ganz sicher ist: Die Welt ist draußen geblieben. Und Sie sind in der, die Sie sich selber geschaffen haben. Die Welt draußen, Ihre Welt drinnen. Und dies, Jakob, verdient wirklich Beachtung.«
»Hm«, meinte Jakob, »wollen Sie dies der Hausverwaltung sagen?«
Lebhaft erwiderte Adele: »Aber ja. Genau dies. Die Leute müssen es wissen, um sich ein Bild machen zu können, daß Sie, Jakob, sich hinter Ihrer Tür eine Welt geschaffen haben, die –« jetzt suchte sie nach Worten, »eine ganz besondere ist, eine ganz fabelhafte, in der man sich wohlfühlen kann.« Jetzt sah sie Jakob intensiv an, sagte fast ärgerlich-trotzig, »was ich tue. Ich zum Beispiel fühle mich darin ungeheuer wohl.«
Aufgeregt sah sie Jakob an: »Da haben wir was gefunden, Jakob.«
»Was haben wir gefunden?«
»Ein Argument, Jakob. Das suchen wir doch, Argumente. Mit denen wir sie aus dem Sattel heben, mit denen wir ihnen ihre Panzerwesten ausziehen. Kann

man Miete erhöhen für eine Welt, die man sich geschaffen hat, gegen die, die es gibt, die eigene gegen die andere, verrückte, irrsinnige. Kann man sagen: Lieber Herr, morgen ist Ihre Welt teurer?«

Jakob lachte, ging herum, als müsse er sich bewegen.

»Adele«, sagte er, »was Sie sagen, gefällt mir. Das mit der eigenen Welt hinter der Tür, die man zumachen kann.«

»Also, Jakob. Da sind wir im Büro, gerade hereingekommen. Gelassen, wenn auch nicht ganz gelassen, steinern, wenn auch nicht ganz steinern und sagen folgendes ...«

Sie brach ab, als habe sie den Faden verloren.

»Was wollte ich sagen, Jakob?«

»Folgendes«, sagte Jakob trocken, wollte weitersprechen, aber Adele hatte ihren Faden wiedergefunden, unterbrach ihn: »Bringen Sie mich nicht durcheinander. Ich wollte nicht Ihr Folgendes sagen, sondern mein Folgendes.«

Sie richtete sich auf, deklamierte fast: »Meine Herren ...« Sie unterbrach sich, holte Atem: »Ich wette, das haben Sie noch nie gehört«, und setzte fort: »Meine Herren, Sie glauben, Sie verwalten Wohnungen, aber Sie irren sich. Sie verwalten nicht Wohnungen, sondern kleine Welten.« Sie unterbrach sich, sah Jakob an: »Jakob?«

»Adele?«

»Ich habe doch recht. Was sind denn Wohnungen anderes als kleine Welten, die geschaffen wurden mit

großer Mühe, mehr oder weniger jedenfalls, ganz nach persönlicher Begabung. Wobei Ihre persönliche Begabung bemerkenswert ist. Sind Sie mit mir einer Meinung?«
»Vollkommen, Adele.«
»Man kann doch ins Feld führen, daß es sich bei Ihrer ganz persönlichen Welt um eine besonders gelungene handelt.«
Sie sah Jakob groß an: »Daran zweifeln Sie doch nicht etwa?«
»Nun«, meinte Jakob, »so habe ich es noch nie gesehen.«
»Haben Sie nicht?« staunte Adele. »Ich muß Ihnen erklären, um was es sich handelt, wenn ich von Ihrer Wohnung spreche?«
Jakob lächelte.
»Ich möchte es gern hören, Adele.«
»Nun«, begann Adele, »man kommt herein und fühlt sich wohl. In einer ganz besonderen Weise wohl, die ich kaum erklären kann.«
Sie überlegte. »Jetzt hab ich es.« Sie hob den Kopf.
»Nichts tut mehr weh. Die Welt draußen ist voller Schmerzen. Ständig muß man auf der Hut sein. Empfinden Sie das nicht auch so?«
»Das ist nicht schlecht ausgedrückt.«
»Und jetzt sage ich: Man kommt in Ihre Wohnung, und nichts tut mehr weh.«
»Nichts tut mehr weh?« murmelte Jakob.
»Man fühlt sich sicher, geborgen. Eine Wohnung ist –«

Sie unterbrach sich, sagte: »Jetzt werden Sie sicher lachen.«
»Ich werde nicht lachen.«
Fast ärgerlich setzte Adele fort: »Sie werden es gar nicht verhindern können, weil der Vergleich sehr kräftig ist. Ich wollte sagen, eine Wohnung ist wie ein Ersatz für den Mutterleib.«
Sie murmelte: »So. Jetzt dürfen Sie laut lachen.«
»Ich denke gar nicht daran.«
»Ist es nicht vollkommen albern, was ich sage?«
»Nein, es nicht albern.«
»Es fiel mir ein, weil ich an Ihre Wohnung dachte. Man fühlt sich geborgen, man hat seinen Frieden. Den nicht alle Wohnungen haben, das wäre zuviel verlangt. Aber Ihre Wohnung, Jakob, hat das.« Fast hilflos setzte sie hinzu: »Weiß der Himmel, wie Sie das machen.«
Sie atmete wieder tief auf. »Ihre Wohnung will ich nicht verlieren, Jakob.«
Sie sah ihn ein wenig hilflos an. »Ich fürchte, ich mache Ihnen die ganze Zeit Liebeserklärungen, wie?«
»So könnte man es sehen.«
»Sie wissen natürlich«, setzte Adele rauher fort, »daß man mit Liebeserklärungen vorsichtig umgehen muß. Man muß sie pfleglich behandeln.«
»Ihre Liebeserklärung, Adele, ist bei mir gut aufgehoben.«
»Na, Gott sei Dank«, sagte sie.
Sie verließen den rauchigen Nebenraum, traten hinaus auf die Straße, genossen die frische Luft.

»Sonderbar«, murmelte Adele, »es gibt die Ängste der Nacht, am Tage vergehen viele Ängste wie Tau in der Sonne.«

Sie hielten ein Taxi an, fuhren zur Hausverwaltung, die in einem gewaltigen Gebäude untergebracht war, in dem sich die Büros stapelten, übereinander, nebeneinander, ineinander geschachtelt, lauter Schreibtische, Schreibmaschinen, Apparate und Menschen, die inmitten dieser Apparate ihre Funktionen ausübten.

Jakob und Adele orientierten sich in der Halle des Gebäudes an einem Wegweiser, suchten Aufgänge und Fahrstühle, verliefen sich, kehrten um, probierten es aufs neue, fanden sich plötzlich gefangen in einem schier endlosen Labyrinth. Sie spürten förmlich, wie sie Teil einer Maschinerie wurden, Teil von Teilen.

Sie wanderten schließlich einen langen Gang entlang, lauter Türen mit verschiedenen Aufschriften, alle fremd, abweisend, sonderbar. Es begegneten ihnen Menschen, die ebenso fremd, abweisend und sonderbar an ihnen vorbeigingen, kein Blick, kein Wort, kein Leben. Nur Teile von Teilen.

Adele blieb mit einem Ruck stehen.

»Sie bleiben stehen, Adele.«

»Sie sehen ja, daß ich stehenbleibe.« Sie holte tief Luft. »Jakob, haben wir eine Chance?«

Ruhig sagte Jakob: »Nein, wir haben keine Chance.«

»Das schöne, irrsinnig schöne Argument, das wir gefunden haben mit den kleinen Welten, die man einfach nicht teuer machen kann–?«

»Das ist Poesie, Adele.«
»Jetzt wäre zu fragen, Jakob –«, erklärte sie fest, »ob man ohne Poesie leben kann.«
»Das kann man nicht, Adele.« Er korrigierte sich: »Man kann es eine Weile, aber nicht auf Dauer.«
Leise sagte Adele: »Was für ein Thema, Jakob. Von einer Mieterhöhung kommen wir auf Poesie.« Lebhaft fuhr sie fort: »Es ist, als sei eine Tür aufgestoßen worden in eine ganz andere Welt.« Sie wiederholte das Wort langsam, gab ihrer Stimme einen schwebenden Klang: »Poesie.«
Sie lachte plötzlich. »Jakob, wissen Sie, daß ich es plötzlich gar nicht mehr wichtig finde, mit diesen Leuten zu reden?«
»So geht es mir auch.«
»Die sowieso nicht auf uns hören würden.«
»So ist es, die sowieso nicht auf uns hören würden.«
Sie standen eine Weile, während Leute an ihnen vorbeigingen, fremd, abweisend, sonderbar, ohne Blick und ohne Wort.
Dann sagte Adele: »Würden wir es denn schaffen mit der Mieterhöhung?« Lebhaft fuhr sie fort: »Sie wissen, daß ich ein paar Aktien besitze. Bei Gelegenheit erzähle ich Ihnen mal, wie ich dazu gekommen bin. Ich bin ja wirklich kein Typ für Aktien.«
»Nein«, sagte Jakob, lächelte: »Sie sind eine Aktie.«
»Wie?« staunte Adele, »bekomme ich da eine Liebeserklärung zurück?«
Sie ergriff den Arm von Jakob: »Lassen wir die Leute,

Jakob. Sie erhöhen uns die Miete, wir erhöhen unsere Einsichten, was auch etwas wert ist. Flüchten wir?«
Sie verließen das Haus, in dem die Büros übereinander, nebeneinander, ineinander gestapelt waren.
Sie genossen die frische Luft, Adele atmete tief auf.
»Was für ein reicher Morgen, Jakob.«

Der Wecker hat geklingelt

Ein gewöhnlicher Morgen. Keine besondere Luft, keine besondere Sonne, die übliche Luft und wenig Licht, so als habe es die Kraft nicht, die Wolken zu durchdringen, die eigentlich auch gar keine sind, eher eine sich weithin lagernde Dunstschicht.

Jakob und Adele hatten den Vormittag in der Wohnung Jakobs verbracht, weniger im Gespräch, eher stumm, was beide nicht gestört hatte.

Jakob pflegte zu sagen: Man muß nicht immer reden. Zuweilen zieht sich das Gespräch zurück ins Unhörbare, wo es dennoch weitergeht, das unendliche Lebensgespräch, das nie aufhört. Aber gegen Mittag hatten sie Lust, die Gespräche wieder hörbar zu machen und beschlossen, dies mit einem Mittagessen in einem italienischen Restaurant zu verbinden, das ihnen beim letztenmal gefallen hatte. Weswegen eigentlich? Ach ja, wegen der Lebendigkeit aller Lebensäußerungen, die nun mal in einem italienischen Restaurant zu Hause sind.

Jakob hielt ein Taxi an.

Es hielt mit Schwung, daß die Bremsen kreischten. Am Steuer saß ein junger Mann. Er hatte sein Fenster heruntergekurbelt, sah aus dem Fenster heraus mit einem fröhlichen Gesicht, mit blitzenden Augen, so daß Adele dachte: Dieser junge Mann ist in einer besonderen Laune. Wenn er nicht in einer besonderen Laune ist, dann hat ihn die Natur grundsätzlich mit Fröhlichkeit versehen.

»Schönen guten Tag«, sagte der junge Mann, »wohin soll's denn gehen?«

Er hatte die hinteren Türen aufgestoßen, ließ Jakob und Adele einsteigen.

»Gnädige Frau, die Tür ist noch nicht zu. Wollen Sie noch mal kräftig zuziehen.«

»Oh, Entschuldigung«, sagte Adele.

»Nicht Ihr Fehler, gnädige Frau«, lachte der junge Taxifahrer: »Die Tür ist es. Eine Million Male auf und zu –«

Jakob setzte den Satz fort: »Das hält die gesündeste Tür nicht aus.«

»So ist es«, nickte der junge Mann, »sitzen Sie bequem?«

»Ja, ich sitze bequem«, sagte Adele.

»Sie auch?« fragte der Fahrer nun Jakob.

»Ja, ich auch«, sagte Jakob trocken, »und wenn Sie nun ebenfalls bequem sitzen, dann können wir ja losfahren.«

»Okay«, lachte der junge Mann: »Haben Sie es eilig?«

»Haben wir es eilig, Adele?«

»Nicht sehr eilig«, erklärte Adele, »daß wir es nicht

mehr sehr eilig haben, halte ich für eine Errungenschaft unseres Lebens.«

»Darf ich dann mal um einen kleinen Moment bitten.«

Er beugte sich vor zu seinem Funkgerät, aus dem heraus ständig entfernte Geräusche zu hören waren.

»Schünemann hier. Erika? Wie sieht es aus?«

Aus dem undeutlichen Lärm schälte sich jetzt eine weibliche Stimme klarer heraus.

Die Stimme, die einer sicher jungen und energischen Person gehörte, sagte: »Weißt du, daß du mir auf den Wecker gehst.«

Der junge Taxifahrer lachte, beteuerte: »Weiß ich ja. Ich geh mir ja selber auf den Wecker. Ich will, daß er endlich klingelt.«

Die Antwort kam zurück: »Der Wecker hat noch nicht geklingelt. Ich habe dir doch gesagt, ich melde mich sofort bei dir.«

»Okay, okay«, sagte der junge Mann.

Die weibliche Stimme wurde wieder hörbar: »Du kriegst es sofort über Funk. Und dann weiß es ganz Berlin.«

Der junge Mann lachte: »Nichts dagegen. Das ist die Sache auch wert.«

»Also –«, kam die Stimme erneut aus dem Lautsprecher, »warte es in Ruhe ab. Wo bist du gerade?«

»Auf dem Kudamm. Ich habe gerade ein reizendes älteres Ehepaar eingeladen. Ich muß nur noch fragen, wohin es will.«

Er schaltete den Funk ab, wandte sich vergnügt um: »Jetzt wäre ich soweit. Wohin soll es denn gehen?«

Jakob sah den jungen Mann mit Interesse an: »Das reizende ältere Ehepaar bedankt sich. Es möchte in Richtung Halensee, um dort ein italienisches Restaurant aufzusuchen, da es Mittagszeit ist und der Körper sein Recht verlangt.«

»In Ordnung«, lachte der junge Mann, und seinem Gelächter schickte er ein Juchhu hinterher.

Dann fuhr er los, mit Schwung und mit deutlicher Freude am Fahren.

»Juchhu?« wunderte sich Adele. »Stoßen Sie immer einen Kriegsschrei aus, wenn Sie fahren?«

»Nein, nicht immer«, lachte der junge Mann.

Jakob ergriff das Wort: »Nur kurz bevor der Wecker klingelt. Welchen Wecker meinen Sie?«

Der junge Mann wandte halb den Kopf zurück, blieb in seiner Dauervergnügtheit. Lebhaft sagte er: »Der Vergleich ist gar nicht schlecht, wissen Sie. Ich meine den Lebenswecker. Irgendwann hat der ja mal bei jedem geklingelt.« Er sah Jakob an: »Bei Ihnen«, er wandte den Kopf zu Adele und sagte fröhlich: »Und auch bei Ihnen. Was natürlich auch eine Weile her ist.« Er fuhr mit unzerstörbarer Laune fort: »Bei mir ist es jetzt zweiundzwanzig Jahre her. Und heute ist er wieder dran, der Lebenswecker. Aufgezogen ist er. Jeden Augenblick kann er losgehen. Es ist, als habe jemand eine Pistole erhoben und gibt den Startschuß und sagt: Los jetzt, rein ins Leben. Ob du willst oder nicht.«

»Sie verstehen ihn, Adele?«
»Er bekommt ein Kind.«
»Bekommen Sie ein Kind?« fragte Jakob.
»Ich bekomme ein Kind«, sagte der junge Mann und setzte staunend hinzu: »Was sagt der Mensch dazu?«
»Na«, meinte Adele, »Sie haben Juchhu gesagt.«
Und Jakob fügte hinzu: »Was nicht alle Menschen sagen. Viele Leute sind von Juchhu weit entfernt. Wobei zu bemerken ist, daß uns Juchhu gefällt. Wir sind Juchhu-Fans.«
Was um so mehr zählt«, ergriff nun Adele wieder das Wort, »als wir über das allgemeine Juchhu gründlich nachgedacht haben. Drücke ich das richtig aus, Jakob?«
»Sie haben es perfekt ausgedrückt, Adele.«
»Darf ich noch mal«, bat der junge Mann, beugte sich wieder vor zu seinem Funkgerät, stellte den Lautsprecher ein.
»Schünemann hier. Erika, hörst du mich?«
Wieder tauchte aus den Rauschgeräuschen des Funks die weibliche Stimme auf: Sie schien gleichsam Anlauf zu nehmen, schien die Tonlage, die passende, suchen zu wollen bis sie sie fand, in den oberen Bereichen der Frequenzen, dort, wo halber Jubel anfängt, die Stimme füllte den ganzen Raum: »Freu dich. Der Wecker hat geklingelt. Das Krankenhaus hat gerade angerufen. Du hast ein Mädchen gekriegt.«
Der junge Mann trat auf die Bremse.
»Moment, ich muß halten.« Er hielt am Straßenrand

in einer Weise, die jeden Polizisten zornig gemacht hätte.
»Ein Mädchen?«
»Was ist los?« kam die Stimme aus dem Funkgerät, »wolltest du kein Mädchen?«
»Seid ihr wahnsinnig«, rief der junge Mann, »ich nehme alles, was kommt.«
Im Funkgerät hörte man nun die Stimmen mehrerer Leute, alle lachten, riefen »Glückwunsch, Rolf«. Eine stimmte sogar ein Lied an: Happy birthday.
Der junge Mann stammelte immer nur: »Danke, danke. Ich werde wahnsinnig, ein Mädchen. Entschuldigt, aber jetzt kann ich nicht mehr.«
Er schaltete den Funk ab, saß eine ganze Weile wie betäubt, drehte sich dann rum zu Jakob und Adele, hatte Schwierigkeiten mit seinem Atem.
»Dürfen auch wir herzlich gratulieren«, sagte Jakob.
»Danke sehr, besten Dank.«
Jetzt hatte er seine verlorengegangene Luft wiedergefunden, stieß hervor, fast ein wenig schrill: »Ist das ein Moment! Nun sagen Sie doch mal selbst, ist so ein Moment nicht phantastisch? Das ist doch einfach unglaublich. In meinem ganzen Leben habe ich so einen Moment nicht erlebt.«
Er staunte: »In zweiundzwanzig Jahren nicht.«
Der junge Mann schüttelte den Kopf, ließ den Motor wieder an, zumal sich hinter seinem Wagen andere Wagen gestaut hatten und ein kräftiges Hupkonzert eingesetzt hatte. Das Taxi nahm Fahrt auf, und zwar schnelle Fahrt.

Es bog seitwärts ein, verließ den Kurfürstendamm, jagte durch Nebenstraßen in Richtung Westend.
»Hm«, murmelte Adele, »wohin fährt er, Jakob?«
»Eindeutig dahin, wohin wir nicht wollen.«
Das Taxi hielt wieder mit kreischenden Bremsen vor einem Krankenhaus.
Der junge Mann stieß die Tür auf, sprang hinaus, stutzte einen Moment, als werde er sich einer Pflichtverletzung bewußt, beugte sich in den Wagen hinein, sagte fast flehend: »Sie hatten es doch nicht eilig, sagten Sie. Warten Sie doch bitte, einen kleinen Moment nur.«
Und er sauste ins Krankenhaus.
Adele und Jakob saßen nach wie vor im Fond des Taxis, sahen sich an.
»Was halten Sie davon, Adele?«
»Ein erstaunlicher junger Mann.«
»Was ist das Erstaunliche?«
»Lassen Sie mich überlegen.«
»Sie haben Mühe, Ihren Eindruck zu schildern?«
»Ja, habe ich«, erwiderte Adele.
»Wollen Sie es dennoch versuchen, Ihren Eindruck zu schildern?«
»Gut, also – ich muß da ein wenig ausholen. Einverstanden?«
»Einverstanden, Adele.«
»Da werden einem heute Bilder angeboten. Unter anderem ein Bild von der Jugend. Da sagt man, das ist so – oder so. Und plötzlich begegnet einem einer, der

ist ganz anders. Und daß eigentlich alles ganz anders ist, das ist fast so etwas wie eine tröstliche Botschaft.«
»Daß eigentlich alles ganz anders ist–?«
»Ja und so wie wir es immer schon kannten.«
»Wollen Sie es mal zusammenfassen?«
»Ja«, sagte Adele, holte Atem und faßte zusammen: »Das Neue ist das Alte.«
»Hm«, sagte Jakob und fragte: »Ist das wirklich tröstlich?«
In diesem Augenblick meldete sich der Funkapparat wieder, ganz leise.
Jakob beugte sich vor und stellte den Empfang stärker ein. Man hörte ein Rauschen und wieder die Stimme der jungen energischen Person. »Schünemann, wo bist du? Melde dich.«
Jakob sah Adele an, entschloß sich dann zu antworten.
»Hallo«, sagte Jakob.
»Wer ist denn da?« fragte das Mädchen, »Rolf?«
»Nein, hier ist nicht Rolf. Hier ist Jakob.«
Adele lächelte.
»Hier ist das ältere reizende Ehepaar, das bei Rolf im Wagen sitzt. Wir stehen im Moment vor dem Krankenhaus ...«
»Was, was«, rief die Funkstimme, »was tun Sie vor dem Krankenhaus? Sie wollten doch nicht ins Krankenhaus.«
»Nein, aber wir sind hier, weil es unmöglich ist, aus einem Wagen zu springen, der mit Juchhu-Geschwindigkeit fährt.«

»Wie bitte?« fragte die Stimme entgeistert.
»Darf ich Sie einen Moment leiser stellen«, sagte Jakob, »er kommt gerade.«
Der junge Mann kam atemlos aus dem Krankenhaus, stürzte herbei, riß die Tür auf, stieß hervor: »Irre. Ich sage Ihnen: einfach irre. Kommen Sie, tun Sie mir den Gefallen, steigen Sie aus, Sie müssen das sehen.«
Er griff hinein in den Wagen, erfaßt Adele beim Arm, half ihr beim Aussteigen, gegen das sie sich nicht wehren konnte. Der junge Mann überstürzte seine Worte: »Man fragt sich, wie man sowas zustande bringen kann, daß man an so was beteiligt ist. Irre sage ich Ihnen.«
Jakob stieg nun auch aus. »Sie meinen, wir sollten uns das Kind ansehen.«
»Sie haben mir doch gesagt, daß Sie es nicht eilig haben.«
Er sah beide eindringlich an: »Hören Sie, ich zeige das Kind nicht jedem. Ich mache Ihnen das Angebot, weil Sie mir sympathisch sind.« Er lachte kräftig und aufgeregt: »Werde ich doch nie vergessen, daß Sie bei mir im Wagen saßen, als sie anrief und sagte: Der Wecker hat geklingelt.«
»Dagegen ist nichts zu sagen, Adele. Wollen wir uns das Neugeborene ansehen?«
»Es ist sicher einfach irre«, sagte Adele und wiederholte das Lieblingswort des Taxifahrers und setzte nüchtern fort: »Aber wie es scheint, unterliegen wir dem Zwang der Ereignisse.«

Gemächlich setzte Jakob hinzu: »Gegen den wir uns dann auch nicht wehren wollen.«

Sie folgten dem jungen Mann, der so eilig war, daß er beinahe hingefallen wäre. Er stürmte den beiden alten Leuten voraus, riß Türen auf, nahm eine Treppe in großen Sprüngen, verhielt, um zu sehen, warum Jakob und Adele ihm nicht in gleicher Weise folgten.

Etwas atemlos standen Jakob und Adele vor dem bewußten Fenster der Säuglingsstation, vor dem schon viele Väter gestanden und sich sonderbar aufgeführt hatten.

Auch dieser Vater starrte verzückt durch die Glasscheibe auf ein Baby, das eine Schwester wie eine Kostbarkeit in den Armen hielt und zeigte.

Der junge Mann sah Jakob und Adele an: »Na, was sagen Sie?«

Ruhig sagte Jakob: »Es ist immer wieder faszinierend.« Und er setzte fort: »Der eine geht, der andere kommt.«

»Jakob«, sagte Adele fast erschrocken.

»Etwas überspitzt ausgedrückt, meine Liebe, aber der Gedanke drängt sich in diesem Moment auf.«

»Ist das nicht ein wundervolles Kind?« drängte der junge Mann.

Jakob nickte: »Eines der schönsten Kinder, das ich je gesehen habe.«

Eine zweite Schwester kam heran, wandte sich an Jakob und Adele: »Sind Sie die Großeltern?«

Der junge Mann stand plötzlich, als habe er jede Bewe-

gung angehalten. Sogar der Atem stockte ihm. Knapp sagte er: »Dieses Kind hat leider keine Großeltern.«
Der Satz schien tiefes Erstaunen in ihm hervorzurufen.
Er hob die Stimme: »Ein solches Kind.«
Er fiel zurück in seine gewöhnliche Lebhaftigkeit.
»Kommen Sie, Sie kennen jetzt das Kind, Sie sollten auch die Mutter kennenlernen. Sie sagten doch, daß Sie Zeit haben. Nur guten Tag sagen.« Er lachte: »Dann bringe ich Sie sofort nach – wohin wollten Sie noch?«
»Nach Halensee.«
»Ich bringe Sie sofort nach Halensee.« Er fügte hinzu: »Wenn ich dazu in der Lage bin.« Er lachte: »Mir zittern nämlich die Knie.« Er fragte: »Ist das normal, daß einem die Knie zittern, wenn man Kinder kriegt?«
Er wartete die Antwort nicht ab, öffnete die Tür zum Krankenzimmer.
Im Bett lag ein junges Mädchen. Mein Gott, dachte Adele, das ist ja ein Kind, fast noch ein Kind. Ein kleines, etwas spitzes, bleiches Gesicht, ganz weiß, wodurch die Augen größer schienen. Sie wirkte hilflos, noch ganz einer anderen Welt zugehörig.
Der junge Mann rief: »Die beiden hatte ich im Wagen, als mir durchgesagt wurde, daß das Kind da ist. Ich habe auf den Hinterrädern kehrtgemacht.«
Adele sah das Mächen an: »Dürfen wir herzlich gratulieren.«
Das Mädchen sagte nichts. Ihr Blick war unklar, gleichsam zurückgezogen, als käme er einfach nicht nach außen.

Der junge Mann schluckte ein wenig, ging dann mit Jakob und Adele hinaus auf den Gang.
»Ich muß um Entschuldigung bitten. Meine Frau ist ein wenig verstört.«
»Warum ist sie das?« fragte Adele.
»Ich habe da etwas nicht bedacht«, erwiderte der junge Mann. »Sie kamen ins Zimmer, ältere Leute, ein Mann, eine Frau.« Er flüsterte: »Da wird sie gedacht haben, einen Moment lang gedacht haben, daß es ihre Eltern sind.«
Er machte eine Pause, murmelte dann: »Aber die kommen nicht.«
»Warum kommen die nicht?« fragte Adele.
Der junge Mann wurde unsicher, hob die Schultern: »Sie kommen nicht, weil –« er unterbrach sich, lächelte ein wenig unglücklich, »man kann es so sagen: Die diplomatischen Beziehungen sind abgebrochen.«
Jakob stellte fest: »Sie haben Streit mit den Eltern Ihrer Frau.«
»Ja, da ist totale Funkstille.«
»Aus was für einem Grund?«
»Die Gründe« – rief der junge Mann unsicher, »ich bin der Grund, meinetwegen sind sie sauer, weil ich – ihren Erwartungen nicht entsprochen habe. Eltern stellen sich unter ihren Schwiegersöhnen immer etwas vor, etwas Besonderes vor.« Er hob erneut die Schultern. »Ich bin nichts Besonderes. So einer wie ich war bei ihnen nicht vorgesehen.«
Er lachte: »Aber was soll es? Meine Frau tut mir leid. Sie

ist ja sehr jung, gerade neunzehn. Da hängt man natürlich noch an Vater und Mutter.«
Er atmete tief auf. »So, und jetzt bringe ich Sie – wohin wollten Sie noch?«
»Nach Halensee.«
Adele stand ganz nachdenklich, hob plötzlich den Kopf und sagte mit einer Stimme, deren Klang Jakob sofort aufmerksam machte: »Lieber junger Freund, ich habe eine Frage. Die Eltern Ihrer jungen Frau leben in Berlin?«
»Ja, in Charlottenburg.«
»Sie fahren uns nicht nach Halensee. Sie gehen wieder hinein zu Ihrer Frau. Wir nehmen uns ein Taxi.«
Der junge Mann sagte: »Aber ich bin ein Taxi.«
»Lassen Sie die Dame ausreden«, sagte Jakob.
Und Adele sprach weiter, mit einer Stimme, die keinen Widerspruch duldete: »Sie geben mir jetzt Namen und Adresse Ihrer Schwiegereltern.«
Der junge Taxifahrer stand ein wenig benommen, fast ratlos. Schließlich murmelte er: »Die können Sie gerne haben. Namen und Adresse.« Er hob den Kopf, flüsterte plötzlich: »Was wollen Sie denn da?«
Er schien Angst zu haben vor der Antwort, murmelte: »Tun Sie, was Sie wollen. Wenn ich zurückgehen darf zu meiner Frau. Dafür danke ich Ihnen.«
Jakob und Adele gingen hinunter zum Pförtner, ließen sich ein Taxi kommen.
Sie warteten ein paar Minuten.
Adele wußte, daß Jakob sie ansah, hob aber nicht den

Kopf. »Ich weiß«, sagte sie schließlich, »ich habe da vielleicht voreilig gehandelt, möglicherweise habe ich da Hoffnungen geweckt.«

»Nun–« lächelte Jakob, »Sie haben Ihr Herz sprechen lassen. Und Ihr Herz, Adele, hat eine vernehmliche Stimme.«

»Vernehmlich oder nicht vernehmlich«, sagte Adele ärgerlich, »ich habe natürlich einen ersten Impuls gehabt.«

»Wann haben Sie ihn gehabt, Adele?«

»Als ich das hilflose Kind sah. Die Mutter meine ich jetzt, nicht den Säugling. Ein hilfloses Kind, Jakob. Wir kamen herein und ihre Augen leuchteten auf, nur einen Moment lang, bis sie erkannte, daß wir es waren, Fremde. Da erlosch ihr Blick so, als habe man eine Kerze ausgeblasen.«

Das Taxi war da, der Fahrer kam suchend in die Halle.

»Gut dann«, atmete Adele auf, »suchen wir die Leute mal auf. Sie haben doch nichts dagegen, Jakob?«

»Nicht im geringsten«, lächelte Jakob.

Adele sah ihn mißtrauisch an. »Sieht aus, als freuen Sie sich direkt.«

»Ja, ich möchte Sie gern in Aktion sehen.«

»Wie denn? Mich allein. Ich rechne mit Ihrer Hilfe, Jakob.«

»Aber fangen Sie erst mal an«, lächelte er.

Sie ließen sich mit dem Taxi nach Charlottenburg fahren. Der Wagen hielt schließlich vor einem Einfamilienhaus.

»Hm«, meinte Adele, betrachtete das Haus, das einen gepflegten Eindruck machte, inmitten eines Gartens stand, der ebenfalls gepflegt aussah.

»Wohlhabende Leute offenbar«, murmelte Jakob.

»Ihr Impuls noch vorhanden?« fragte Jakob.

»Reizen Sie mich nicht, Jakob.« Adele faßte die Haustür ins Auge und ging auf sie los, ein wenig schnurstracks, als wolle sie sich durch das bißchen Mahagoni nicht aus der Fassung bringen lassen.

Ein Hausmädchen öffnete.

»Wir hätten gern Herrn oder Frau Assmann gesprochen«, sagte Adele.

»Wenn sie zu Hause sind«, fügte Jakob hinzu.

Das Mädchen sah mit einem Blick: seriöse Leute, ein Herr, eine Dame.

»Bitte«, sagte das Hausmädchen, ließ Jakob und Adele eintreten, fragte dann: »Wen darf ich melden?«

Jakob nannte seinen Namen, dann wurden beide in einen Salon geführt, warteten dort.

Adele sah sich um, murmelte: »Geordnete Verhältnisse, Jakob. Es geht den Leuten gut. Dies mal als erste Feststellung.«

Jetzt öffnete sich die Tür, und ein Herr und eine Dame betraten den Raum. Der Herr war etwa sechzig, ein wenig gedrungen, stämmig, ein Mann, der befehlsgewohnt war, ein Anführertyp, wie Jakob sofort registrierte. Die Dame machte einen sehr zurückhaltenden Eindruck. Es war ganz eindeutig, wer hier dominierte.

»Sie wollten mich sprechen«, sagte der Herr. Eine

kräftige Stimme, nicht undeutlich, da wurden keine Buchstaben verschluckt. Er schien sie zu genießen, jeden einzelnen, weil es ihm wohl immer darauf ankam, verstanden zu werden. Adele sah Jakob an.
»Soll ich beginnen, meine Liebe?«
»Bitte, Jakob«, flüsterte sie.
Jakob faßte den Herrn, die Dame ins Auge, gab seiner Stimme den seriösen Klang, der hier Eindruck machen würde, und sagte halblaut, gemessen und sehr ruhig.
»Wir kommen in einer privaten Angelegenheit. Mein Name ist Biedermann.«
»Wollen Sie zur Sache kommen«, er sah von einem zum anderen, »Herr Biedermann, Frau Biedermann.«
»Nur Herr Biedermann«, sagte Jakob, machte eine Bewegung zu Adele, »diese Dame ist eine gute Freundin von mir, was eine ganz unvollkommene Bezeichnung ist für die Beziehung zwischen uns, für das was uns miteinander verbindet.«
Er lächelte ein wenig, fuhr verbindlich fort: »Ich muß das erwähnen, weil es eine Rolle spielt, eine ganz besondere Rolle in der Angelegenheit, die uns zu Ihnen führt.«
»Sagen Sie, worum es geht«, knurrte der Mann.
»Wir entschlossen uns, Sie aufzusuchen, weil wir plötzlich wußten: Wir können die Eltern nicht übergehen.«
Die Frau machte eine Bewegung.
»Wovon sprechen Sie?« fragte der Mann.
»Wir sprechen von Ihrer Tochter.«
Der Mann machte eine spontane abrupte Bewegung.

»Hören Sie–« Jakob unterbrach ihn: »Ich weiß, ich weiß. Es ist uns bekannt, daß Sie nicht gut auf Ihre Tochter zu sprechen sind und schon gar nicht auf Ihren Schwiegersohn.« Er hob die Hände: »Verstehen Sie uns um Himmelswillen nicht falsch. Nicht, daß wir uns da einmischen wollen.« Er nickte dem Mann freundlich zu: »Jeder hat seine Gründe, seine Ansichten, seine Motive, die wir Ihnen nicht ausreden wollen.«
»Worum geht es? Sagen Sie es kurz und bündig.«
Adele mischte sich nun ein.
»Jakob, Sie haben die Sache falsch angefangen.«
»Habe ich?«
»Es geht doch nicht um den Streit in dieser Familie.«
Jakob hob die Stimme: »Aber natürlich geht es um den Streit in dieser Familie.«
Er wandte sich an den Vater. »Sie haben doch die Beziehung zu Ihrer Tochter abgebrochen. Entschuldigen Sie, wenn ich jetzt ausdrücklich danach frage.«
Frau Assmann machte erneut eine Bewegung. Sie schien zutiefst betroffen zu sein, wollte etwas sagen, aber ihr Mann machte eine Handbewegung, gebot ihr zu schweigen.
»Ja«, erklärte der Vater, »wir haben die Beziehung abgebrochen.«
Jakob lächelte: »Das macht es uns natürlich leichter.«
Er atmete tief auf, lächelte: »Gut dann. Ihre Tochter hat soeben ein Kind bekommen. Wir kommen direkt aus dem Krankenhaus.«
Frau Assmann machte einen Schritt nach vorn, öffnete

den Mund. Auch ihr Mann war einen Augenblick lang verwirrt, wie aus der Fassung gebracht.
»Es ist ein Mädchen«, sagte Adele, »gesund, kräftig, ein besonders hübsches Kind, wie ich finde.«
Wieder wollte Frau Assmann etwas sagen, erneut gebot ihr Mann zu schweigen. Er suchte selbst nach Worten, stieß dann schließlich hervor.
»Hat man Sie hergeschickt, um uns das zu sagen?«
»Nein, nein«, beteuerte Jakob, sah Adele an, lächelte schwach: »Ich glaube, Adele, jetzt müssen wir Farbe bekennen.«
»Tun Sie es«, sagte Adele fast feierlich.
»Also –« wandte sich Jakob an das Elternpaar, »Adele und ich sind alleinstehend. Unsere äußeren Verhältnisse sind geregelt. Wir haben keine großen Sorgen, sind finanziell ausreichend versorgt. Ich sage ausreichend, große Sprünge können wir uns nicht erlauben. Es steht uns auch nicht der Sinn danach.« Er machte eine Pause: »Dennoch fühlen wir uns nicht ganz wohl. Weswegen, Adele?«
Adele sprach nun weiter: »Weil unser Leben nicht ausgefüllt ist. Uns fehlt – sagen wir es ganz offen – eine Familie.«
Jetzt übernahm Jakob wieder: »Das wurde uns klar, ganz klar, mit einem Schlage klar, als wir Ihren Schwiegersohn, Ihre Tochter kennenlernten, die heute nun, es ist gut zwei Stunden her, ein Kind bekam. Ein ganz reizendes Mädchen.«
»Besonders reizend«, sagte Adele noch einmal, »Sie

wissen ja, es gibt Babies, die direkt nach der Geburt nicht unbedingt hübsch aussehen. Aber die Tochter Ihrer Tochter war vom ersten Augenblick an schön.«

»Und deswegen sind wir hier–« fuhr Jakob fort, »erlauben Sie, daß wir für dieses Kind die Großeltern sind. Da es ja keine hat.«

Jakob sah den Vater an, dann die Mutter. Die beiden standen nun ganz aus der Fassung gebracht da, ratlos, ein wenig wie betäubt, besonders Frau Assmann schien sich kaum auf den Beinen halten zu können, während ihr Mann anscheinend fieberhaft seine Worte zu sammeln schien, die ihm dennoch nicht zur Verfügung standen.

Adele übernahm jetzt die Rede: »Uns würde es einen Riesenspaß machen, die Großeltern zu sein, uns um das Kind zu kümmern, für es zu sorgen, teilzuhaben an der Familie. Ein Kind braucht Großeltern, die belohnt werden mit dem Lächeln, mit dem ersten Wort. Wir freuen uns, die ersten Geschenke zu machen, auf die Kindergeburtstage, auf alles, was dazu gehört.«

»Sie verstehen«, sagte nun wieder Jakob, »daß wir erst ganz sicher sein wollten, was Sie dazu sagen. Wir wollten, wir mußten mit Ihnen selbst sprechen, von Ihnen selbst hören, daß Sie darauf verzichtet haben, die Großeltern zu sein, obwohl Sie es natürlich sind.«

Herr Assmann hatte seine Worte immer noch nicht vollzählig beisammen, er vermochte offensichtlich nicht, sie zu ordnen, sie in eine Phalanx zu bringen, so wie es sich gehört hätte.

Er sah hilflos seine Frau an.
Und Frau Assmann rief: »Warum sagst du nichts?«
»Was soll ich dazu sagen«, brachte Herr Assmann hervor, immer noch ratlos.
Jetzt wuchs seiner Frau eine Stimme zu, die man nur als kräftig, ja als schneidend bezeichnen konnte.
»Das ist doch hirnverbrannt«, rief sie aus, das kommt ja gar nicht in Frage. Das ist das Verrückteste, was ich je gehört habe. Ich habe eine Enkelin, du hast eine Enkelin, wir beide haben jetzt eine Enkelin, es ist unsere und wenn das Kind Großeltern braucht, dann sind wir das. Hast du verstanden?«
Herr Assmann hatte nun wohl alle seine Worte beisammen.
»Herr Biedermann«, sagte er, »Sie machen uns da einen völlig absurden Vorschlag. Tut mir leid. Abgelehnt.«
Beide Assmanns brachten Jakob und Adele zur Tür.
»Welches Krankenhaus?« fragte Frau Assmann.
»Das Westendkrankenhaus«, sagte Jakob höflich.
»Hol den Wagen aus der Garage«, sagte Frau Assmann, die in diesem Augenblick eine Erfahrung machte, die ihr ganz neu war: sie fühlte sich stärker als ihr Mann und genoß es.
Jakob und Adele wanderten langsam zu Fuß den Spandauer Berg hinunter.
»Na, Adele?« fragte Jakob vergnügt.
»Jakob«, lächelte nun auch Adele, »der Wecker hat geklingelt.«

Der Sternenhimmel

Jakob hatte sich am Abend zuvor mit Adele verabredet. Sie trafen sich üblicherweise am Kudamm Ecke Kempinski, was den Vorteil hatte, daß man nicht unbedingt pünktlich sein mußte. Derjenige, der warten mußte, konnte sich Geschäfte ansehen und in gewisser Weise am Leben anderer teilnehmen, denn eben jenes Leben pulsierte gerade an dieser Stelle ebenso beträchtlich wie unaufhörlich.
Jakob war einige Male die Straße auf- und abgewandert, kannte inzwischen die in den Schaufenstern ausgestellten Gegenstände bis auf die Preise und begann sich langsam Sorgen zu machen, als er Adele sah.
Sie stand an der Kempinski-Ecke, ein wenig verloren und auch ein wenig abwesend.
»Hallo, meine Liebe. Wissen Sie, daß Sie zu spät sind?«
»Ich weiß es«, entgegnete Adele.
»In gewisser Weise haben Sie einen Rekord aufgestellt. Sie sind eine Dreiviertelstunde zu spät?«
»Eine Dreiviertelstunde?« murmelte Adele.
»Das Höchste war bis jetzt eine halbe Stunde.« Er lachte: »Die es zu überbieten galt. Was war los? Ärger mit der Familie?«

»Nein«, sagte Adele mit einer Stimme, die Jakob an ihr nicht kannte, denn sie war ein wenig unlebendig, schien nur bedacht zu sein auf reine Wortübermittlung, »Ärger mit mir selbst.« Jetzt bekam ihre Stimme Farbe, denn sie wurde ärgerlich: »Sagen Sie, Jakob, müssen wir hier auf der Straße stehen?«

Jakob sah sie aufmerksam an, staunte ein wenig: »Meine Liebe, kann das sein? Sie sind mißvergnügt?« Er lächelte: »Kommen Sie, dagegen gibt es ein Mittel, das nicht von jedermann empfohlen wird und wohl auch nicht unbedingt und jederzeit nachgeahmt werden müßte.«

Er nahm Adele beim Arm und führte sie ein paar Schritte gegen die Gedächtniskirche zu und betrat mit ihr das kleine Lokal, das ihnen schon oft als Rast- und Nachdenkplatz gedient hatte.

Jakob bestellte zwei Halb-und-Halb. »Das wird Ihnen helfen, aus einer offensichtlich verdießlichen Stimmung herauszukommen.«

»Hm«, sagte Adele, »fragt sich, ob ich herauskommen will.«

Jetzt war Jakob nun wirklich verdutzt.

»Wie, was, Adele? Jeder Mensch will sein Mißvergnügen, das zu haben kein Fehler ist und wofür es genug Gründe gibt, so schnell wie möglich loswerden, weil es sich um einen unnatürlichen Zustand handelt.«

»Ist er das wirklich?« fragte Adele mit einer Stimme, die ein wenig matt und wie abgekämpft klang.

»Na, ist er das nicht?« fragte Jakob zurück.

Adele holte Atem. »Jakob, ich wachte heute morgen auf und war mißvergnügt, worüber ich mich wunderte, denn ich war sehr lange nicht mehr mißvergnügt gewesen. Ich fragte mich: Was ist los mit dir? Und fing an nachzudenken.«

»Was in jedem Falle ratsam war«, schob Jakob ein.

»Irgendwo mußte es doch einen Grund geben.«

»Den Sie dann gefunden haben?«

Adele warf ihm einen Blick zu, der ein wenig undeutbar war, eher aufmerksam, fast auch ein wenig forschend-neugierig.

»Ich dachte über uns nach.«

»Über uns?«

»Über uns beide.«

Jakob zog scharf und deutlich die Luft ein, so daß man es hörte: »Wollen Sie sagen, daß Sie dort einen Grund fanden für Ihr Mißvergnügen?«

»Ich fragte mich, ob es nicht unnatürlich ist, sich so gut zu verstehen.«

Jakob war versucht zu lachen, hielt es aber für ratsam, es nicht zu zeigen, was ihm nicht ganz gelang.

»Großer Gott«, sagte er und dies in einer Weise, in der sich seine Erleichterung ausdrückte.

»Warum sagen Sie großer Gott.«

»Ich sage nur so großer Gott. Ich versuche, auf irgendeine Weise, die Sie nicht kränken soll, mein Erstaunen auszudrücken.«

Etwas hitzig sagte Adele: »Sie haben großer Gott nicht in irgendeiner Weise ausgedrückt, sondern ...«

Sie brach ab.
»Sondern wie?«
»Aggressiv.«
Jetzt war Jakob nun wirklich verblüfft. »Wie kommen Sie denn darauf? Ich habe großer Gott gesagt, wie man halt mal großer Gott sagt, in der einfachsten Weise. Hat es sich nicht so angehört?«
»Es hörte sich an, als wollten Sie etwas gegen die weibliche Psyche sagen.«
Jakob lachte herzlich. »Ich schwöre Ihnen, Adele, nichts liegt mir ferner als etwas gegen die weibliche Psyche zu sagen. Ganz im Gegenteil, die weibliche Psyche wird von mir hochgeschätzt, fast möchte ich sagen, sie liegt mir, jedenfalls mehr als die männliche. Und Ihre weibliche Psyche, Adele, liegt mir besonders.«
Sie sah ihn ruhig an, hatte übrigens ihr Glas Halb-und-Halb nicht angerührt.
»Da haben wir es«, sagte sie ruhig.
»Was haben wir?«
»Sie sind wieder darauf aus, mich zu verstehen und dies unter allen Umständen.« Sie holte Atem: »Jakob, wir streiten uns nie.«
»Was ich immer als sehr angenehm empfunden habe.«
»Aber es ist unnatürlich«, stieß Adele hervor und fuhr lebhafter fort: »Wenn ich Ihnen das mal erklären darf. Wir sind in einen Zustand hineingeraten, der –« jetzt suchte sie nach Worte, fixierte dabei Jakob, dem dies sichtlich unangenehm war, »der lebensfremd ist. Ich fragte mich, heute morgen, ich hatte gerade die Augen

aufgeschlagen, ob unsere Beziehung zueinander, ob sie nicht künstlich ist.«

»Künstlich?« wunderte sich Jakob.

»Künstlich«, sagte Adele fest, »ich wiederhole das Wort. Ich fragte mich, ob unsere Harmonie nicht Altersschwäche ist.«

Sie sah Jakob intensiv an, machte eine Pause, als sei dieser letzte Satz jener gewesen, der ihr tief in der Seele gelegen habe und den sie als eine Quintessenz ihres Nachdenkens loswerden wollte.

Jakob war nun echt verblüfft.

»Harmonie, unsere, als Altersschwäche?«

»Weil wir die Kraft nicht mehr haben zum Streit.« Sie holte Atem, »und der Streit, Jakob, ist immer noch eine der stärksten Lebensäußerungen. Und ich fragte mich, ob sie uns verlorengegangen ist?«

»Ober, zahlen«, rief Jakob und war nun seinerseits ein wenig kurz angebunden.

»Sie entziehen sich der Antwort durch Flucht?«

»Liebe Adele«, sagte Jakob knapp, »ich versuche nur, der Versuchung zu widerstehen, Sie zu begreifen, wozu ich schon wieder neige, wie ich zu meiner Schande gestehen muß.«

Sie verließen das Lokal wortlos, wanderten ihrer Gewohnheit gemäß den Kurfürstendamm hinauf, eine ganze Weile und ohne ein Wort zu sagen. Fast konnte man sagen: Sie trotteten nebeneinander her, bis Jakob erneut ein Lokal fand, das ein paar Stühle und Tische heraus auf die Straße gestellt hatte.

»Kommen Sie, Adele«, sagte Jakob, dirigierte sie an einen Tisch, »setzen Sie sich.«

Adele saß mit gesenktem Blick.

»Die Sache ist doch so. Ich will Ihnen das gerne mal erklären und mit den Worten, die mir zur Verfügung stehen, nicht gelehrt also und schon gar nicht rechthaberisch. Wir streiten uns nicht, weil wir den Streit überwunden haben. Ihn überwunden zu haben, den Streit an sich, ist eine geistige Leistung und unbedingt als Fortschritt zu bezeichnen, den wir nicht gering achten wollen.« Lebhaft fuhr er fort: »Stellen Sie sich mal vor, was es in der Welt bedeuten würde, wenn ganz allgemein der Streit, der Streit an sich, beseitigt würde, wenn ganz allgemein die Harmonie eintreten würde, die Sie an uns beiden, in unserer Beziehung zueinander so beklagen.«

»Ich habe Ihnen ruhig zugehört, Jakob, aber jetzt muß ich Sie fragen: Machen Sie sich lustig über mich?«

»Wieso mache ich mich lustig?« wunderte sich Jakob.

»Weil Sie mir mit einer Utopie antworten.«

Ihre Stimme hatte an Schärfe gewonnen. »Das weiß ich auch, daß die Welt nicht besser zu machen ist als sie nun mal ist. Das habe ich ja auch nicht gemeint. Ich meinte nicht die Welt, die Welt an sich, nicht den Streit an sich, ich meinte uns beide mit der Frage, ob die Harmonie, die zwischen uns besteht, nicht reine Bequemlichkeit ist, fast eine Selbstaufgabe.«

»Adele«, sagte Jakob nun erschrocken.

»Ist der Gedanke so abwegig«, fuhr Adele Jakob an,

»daß Harmonie zwischen Menschen nichts anderes sein könnte als reine Schwäche?«

»Wissen Sie, was Sie jetzt haben, meine Liebe?« sagte Jakob und hatte seiner Stimme nun auch ein wenig Schärfe gegeben.

»Was habe ich?«

»Einen hitzigen Ton.«

»Ich habe einen hitzigen Ton?«

»Ja«, sagte nun auch Jakob ärgerlich, fast ein wenig schneidend, »er kommt aus Ihnen heraus wie aus einem Dampfkessel.«

»Sie vergleichen mich mit einem Dampfkessel?«

Jakob bremste sich. »Jeder Mensch ist zuweilen ein Dampfkessel, wenn er Luft abläßt.«

Adele saß nicht bequem zurückgelehnt, sondern vorn auf der Stuhlkante und hoch aufgerichtet. »Jakob«, stieß sie hervor, »ich hatte eine ernsthafte Frage gestellt. Und Sie sprechen jetzt von Luft ablassen.«

»Na, stimmt der Vergleich vielleicht nicht. Sie stehen unter Druck und lassen jetzt etwas heraus, Dampf.«

»Dampf?«

»Eine ganze Menge Dampf.« Er setzte hinzu: »Was ich mir immer gedacht habe. Wenn Sie mal Dampf ablassen, dann eine ganze Menge.«

»Darf ich etwas zu diesem Vergleich sagen?«

»Ich bitte darum.«

»Ich finde ihn absolut unpassend, ich bin weder hitzig noch ein Dampfkessel. Ich habe mir heute morgen eine einfache Frage gestellt, die mich, ich gebe es zu, ernsthaft beschäftigt hat, ob unsere Harmonie, der wir uns gegenseitig ständig versichern, ob sie nicht einfach Altersschwäche ist. Darüber muß man doch ernsthaft reden können.«

»Was ich getan habe. So gut ich kann jedenfalls. Besser kann ich nicht.«

»Besser wollen Sie nicht. Dafür kommen Sie mit Vergleichen, die beleidigend sind.«

»Ich habe Sie beleidigt?«

»Möglicherweise ohne Absicht, was das eigentlich Beleidigende ist.«

Beide saßen nun da, ein bißchen wie ausgebrannt, aller Worte entleert und in jenem Schweigen, das kein gutes Schweigen ist, sondern ein Schweigen, das immer unerträglicher wird, je länger es dauert, und immer zu etwas führt, und zu nichts Gutem.

Jakob hob den Kopf, sah Adele an, sagte: »Nun haben Sie ja, was Sie wollten. Wir streiten uns.« Wieder rief er den Ober, erinnerte sich daran, daß sie noch gar nichts bestellt hatten und stand einfach auf. »Von Altersschwäche kann nun keine Rede mehr sein, womit sich die Frage, die Sie quält, jetzt nun ganz von selbst erledigt hat.«

Auch Adele stand auf. »Sind Sie jetzt beleidigt?«

»Ich werde mich hüten, nicht beleidigt zu sein.«

»Sie sind ironisch, Jakob.«

»Und dies in einer Weise, die mir geradezu Spaß macht. Womit ich hoffentlich meine Altersschwäche widerlegt habe.«

»Ich jedenfalls«, rief Adele aus, »bin nicht ironisch gewesen.«

»Das nachzuholen wird Ihnen sicher nicht schwerfallen.«

Sie verließen den Ort schweigend.

Jakob hielt ein Taxi an, öffnete die Tür. Adele stieg stumm ein, sah dann Jakob an, der auf der Straße stehengeblieben war.

»Steigen Sie nicht mit ein?«

»Nein. Was Ihnen doch nur recht sein kann. Wollten Sie nicht Ihren Streit haben?«

Wortlos schloß er die Tür des Wagens, die etwas härter ins Schloß fiel, als er wollte.

Adele saß ein wenig wie betäubt im Wagen. Der Fahrer fragte, wohin sie wolle. Sie mußte überlegen, fand kein anderes Ziel, das sie dem Fahrer hätte sagen können, sie wollte nach Hause.

Marianne, ihre Tochter, öffnete ihr die Tür.

»Mama«, rief sie verwundert, »du kommst schon nach Hause?«

»Ja«, murmelte Adele.

»Du bist ja kaum eine Stunde weg. Hast du Jakob nicht getroffen?«

»Doch, ich habe ihn getroffen.«

»Ihr seid doch sonst den ganzen Tag zusammen.«

»Was ich ja weiß«, sagte Adele ärgerlich, »warum erzählst du mir, was ich, was jeder weiß?«

»Mama«, sagte Marianne aufmerksam, »ist etwas mit Jakob?«

»Was soll mit Jakob sein?« erwiderte Adele und wurde wieder ein wenig hitzig.

»Habt ihr euch gezankt?«

»Er hat mich allein nach Hause geschickt, ins Taxi gesetzt, und weg war er.«

Marianne staunte: »Ihr seid doch sonst immer ein Herz und eine Seele.«

Adele sagte scharf: »Was ist denn das für ein blöder Ausdruck. Ein Herz und eine Seele, das gibt es nicht. Zwei Menschen bleiben immer zwei Menschen, und zwar zwei verschiedene Menschen, wie heute festgestellt wurde.«

Marianne mochte es nicht glauben, sah ihre Mutter an, suchte nach Worten, denn ihre Mutter machte einen ebenso aufgeregten wie ratlosen Eindruck.

»Worüber habt ihr euch denn gestritten?«

»Das verstehst du nicht«, fuhr Adele sie an.

»Ich könnte ja versuchen, es zu verstehen.«

»Es ging um die Frage, ob Harmonie zwischen Menschen nichts weiter ist als biologische Schwäche. Und ich meine, das ist doch wohl eine Diskussion wert.«

Sie atmete tief auf und stieß hervor: »Und setzt mich ins Taxi und schickt mich weg.«

Adele ging in ihre Zimmer, stand dort eine Weile völlig fremd, ohne zu wissen, was sie dort tun wollte. Sie wollte ein Buch lesen, legte es weg, weil die Sätze nicht bis in ihr Bewußtsein drangen, sie legte sich schließlich auf das Bett, um zu schlafen, aber je länger sie dort lag, um so wacher wurde sie, bis sie aufstand und hin- und herging, bis sie schließlich stehenblieb und eine ganze Weile leblos stand wie einer der Gegenstände in ihrem Zimmer.

Sie hätte später nicht sagen können, wie sie den restlichen Tag verbrachte.

Gegen Abend kam ihr Schwiegersohn nach Hause, sah seine Frau und dann Adele, die stumm im Sessel saß.

»Schönen guten Abend«, sagte Walter, wunderte sich: »Mama ist da?«

»Ja, ich bin da, guten Abend«, sagte Adele knapp.

»Es ist was passiert, Walter. Sie haben Krach miteinander.«

»Was denn, was denn –?« wunderte sich der Schwiegersohn, »wer hat Krach miteinander? Adele und ihr Freund. Das gibt es doch gar nicht.«

»Wieso gibt es das nicht«, sagte Adele, sah ihren Schwiegersohn finster an, »ein Streit ist eine ganz natürliche Sache, eine Sache, die zum Leben gehört. Wenn man es genau betrachtet, gibt erst ein Streit dem Leben die richtige Würze.«

»Aber es sieht nicht aus«, sagte der Schwiegersohn besorgt, »daß du dich dabei wohlfühlst.«

Hitzig erwiderte Adele: »Ein Streit ist nicht dazu da, daß man sich wohlfühlt. Und ich fühle mich nicht wohl, ich bin aufgeregt, empört und unruhig.« Sie suchte nach Worten: »Das sind – Lebensäußerungen, und als solche haben sie ihre Berechtigung.« Sie stieß hervor: »Und dies ganz zweifelsohne.«

Mit diesen Worten ging sie hinaus.

Adele lag schon im Bett, als ihre Enkelin Marion zu ihr kam. »Darf ich mal reinkommen?«

»Ja, komm nur.«

Das junge Mädchen kam herein, setzte sich zu ihrer Großmutter auf das Bett.

»Was habe ich denn da gehört, Adele? Du hast Krach mit Jakob?«

»Hat sich das bis zu dir herumgesprochen?«

»Na klar, weil es eine aufregende Sache ist. Deswegen komme ich ja rein. Ich hab alle naselang Krach mit meinem Freund. Da ist vielleicht was los.«

Adele richtete sich auf, schlug die Bettdecke zurück. »Komm mal zu mir.«

Marion setzte sich zu ihrer Großmutter ins Bett.

»So, so«, sagte Adele, »du hast alle naselang Krach mit deinem Freund. Hör mal, mir ist das ein bißchen fremd geworden, Streit mit irgend jemandem zu haben. Ich brauche da einfach ein paar Informationen.«

»Frag nur los«, sagte Marion vergnügt.

»Wenn du dich alle naselang streitest, das nimmt dich wohl nie sehr mit.«

»Nein, nicht besonders.«

»Ihr nehmt heutzutage wohl gar nichts mehr ernst. Ich habe eine Frage –«

Adele zögerte ein wenig, es war ihr unangenehm, diese Frage zu stellen, aber sie überwand sich schließlich und fuhr fort: »Meine Frage ist, wie geht denn so was eigentlich weiter?«

Marion lachte: »Ganz einfach, ich rufe ihn an und tu so,

als sei nichts gewesen. Und er tut dann auch so, als sei nichts gewesen.«

Spontan rief Adele: »Da kennst du aber Jakob schlecht.«

Sie setzte streng hinzu: »Und mich auch.«

Marion küßte ihre Großmutter und verschwand in ihrem eigenen Zimmer.

Adele sah in das nachtdunkle Zimmer.

Sie dachte: Telefonieren?

Langsam stieg sie aus dem Bett, ging langsam ins Wohnzimmer. Das Wohnzimmer war schon dunkel.

Adele machte Licht, setzte sich vor das Telefon, saß dort stumm eine ganze Weile, bis ihre Tochter ins Zimmer kam und verwundert rief: »Du, Mama? Was machst du denn hier?«

»Hm«, sagte Adele, »ich sehe das Telefon an, das Telefon sieht mich an. Wir haben einander nichts zu sagen.«

Seufzend fügte sie hinzu: »Außerdem schläft der Kerl wahrscheinlich schon.«

Adele hatte keine gute Nacht und war froh, als der Morgen graute.

Sie traf ihren Schwiegersohn und ihre Tochter am Frühstückstisch.

Walter hatte seine Aktentasche schon gepackt, verabschiedete sich: »Wiedersehen, Mama. Was machst du denn heute?«

»Ich überlege noch«, murmelte Adele.

»Wenn du ihn siehst«, sagte Walter, »grüß ihn schön.«

Damit verließ er den Raum. Marianne sagte: »Ich muß jetzt auch weg. Weißt du schon, was du heute machst?«
»Ich habe es gerade schon verkündet«, sagte Adele, »daß ich noch überlege.«
»Er hat noch nicht angerufen?«
»Soweit ich weiß – « murmelte Adele, »hat das Telefon heute morgen noch keinen Mucks getan.«
»Hoffentlich wirst du dich nicht langweilen.«
»Wie kommst du darauf?« erwiderte Adele und war bemüht um einen Ausdruck von Erstaunen.
Jetzt erschien Marion, ihre Enkelin.
»Hallo, Oma.« Sie küßte ihre Großmutter: »Hast du gut geschlafen?«
»Ich bin mir noch nicht klar darüber, ob ich gut geschlafen habe.«
»Oma«, sagte Marion und lachte: »Du hast nicht gut geschlafen, das sehe ich dir am Gesicht an.«
»Was für ein Gesicht habe ich?«
»Du siehst bleich aus, und du hast Ränder unter den Augen.«
»Um Himmels willen«, murmelte Adele.
»Siehst du ihn heute?«
»Ich habe keine Ahnung.«
»Das mit dem einfach anrufen ...?«
»Kommt nicht in Frage«, sagte Adele entschieden.
»Dann weiß ich noch etwas«, lachte Marion, »wie du ihn treffen kannst, so daß sich keiner was vergibt.«
Adele erwiderte mit einem Ausdruck von Strenge: »Ich wil ihn nicht treffen, weder auffällig noch unauffällig.«

Sie setzte schwächer hinzu: »Aber wie macht man so was?«

»Ganz einfach. Man geht ganz zufällig dorthin, wo er gewöhnlich auch hingeht. Also, ich fand das immer wahnsinnig aufregend. Ich weiß natürlich nicht, ob das bei älteren Leuten genau so ist.«

»Hm«, sagte Adele.

Marion verschwand, um in die Schule zu gehen. Marianne, ihre Tochter, ging zum Einkaufen, so daß Adele schließlich ganz allein in der Wohnung war.

Sie wanderte auf und ab, sah andauernd auf die Uhr. Was für ein lächerlicher Zustand, dachte sie, sah erneut auf die Uhr. Zehn Uhr. Da war er immer im Supermarkt, um einzukaufen.

Adele zögerte eine Weile, zog sich dann besonders hübsch an, schminkte sich ein wenig, nicht sehr viel, weil sie es haßte, sich zu schminken, aber Marion hatte sie erschreckt mit den Worten: Du siehst bleich aus und du hast Ränder unter den Augen.

Möglicherweise würde sie Jakob im Supermarkt treffen. Dann wollte sie ihm etwas auf keinen Fall zeigen: ein bleiches Gesicht und Ränder unter den Augen. Er könnte sich was darauf einbilden.

Sie verließ das Haus, stand schließlich vor dem Supermarkt, wanderte langsam durch die Reihen, hatte Jakobs weißes Haar längst entdeckt. Auch er wanderte langsam durch die Reihen.

So trafen sie sich schließlich am Gemüsestand.

»Hallo, Adele«, sagte Jakob.

»Guten Morgen, Jakob.«
»Sie auch hier? Sie machen Einkäufe?«
»Ja, für die Familie. Man hat mich gebeten. Ich habe da – eine lange Liste.«
»Meine ist kürzer«, sagte Jakob lakonisch.
»Wieso ist Ihre kürzer?«
»Weil ich heute offensichtlich nur für eine Person zu sorgen habe. Was gibt es denn bei Ihnen heute?«
»Ich bin noch ganz unschlüssig.«
»Ich denke, Sie haben einen langen Zettel. Auf dem muß doch stehen, was Sie heute brauchen.«
Etwas hitziger sagte Adele: »Ein langer Zettel ist für mich noch nie verbindlich gewesen.«
»Ich weiß«, antwortete Jakob lakonisch.
»Was wissen Sie?«
»Daß Sie es lieben, spontan zu handeln.«
»Verbinden Sie damit eine Kritik?«
»Aber nein, meine Liebe. Sie sind etwas sprunghaft, aber das hat ja alles seine Reize. Es sind – unmittelbare Lebensäußerungen, die als solche ihren Wert haben.«
Er fragte: »Darf ich Ihren Zettel mal sehen?«
»Bei uns gibt es heute Kohlrouladen«, sagte Adele hastig.
»Wer es vertragen kann.«
»Hören Sie, Jakob«, sagte Adele, »es gibt keinen Grund, mit Kohlrouladen nicht einverstanden zu sein. Was gibt es denn bei Ihnen?«
»Ich dachte an Lachs.«
»Lachs?« Adele zog das Wort ein wenig lang.

»In Weißwein gedünstet.«
»In Weißwein?«
»Der achtundsiebziger Meursault.«
Adele sagte ärgerlich: »Was soll ich denn davon halten? Feiern Sie jetzt Feste? Und für sich allein?«
»Eben dann.«
Adele holte Atem: Wissen Sie, daß Sie da einen fürchterlichen Satz gesagt haben?«
»Wieso denn?«
Adele sah ihn erbittert an: »Ich werde mich jetzt um meine Kohlrouladen kümmern. Kümmern Sie sich um Ihren Lachs. Man muß Ihnen ja keinen guten Appetit wünschen, den haben Sie ja offensichtlich.«
Damit wandte sie sich ab und ging davon.
Jakob sah ihr ein wenig betroffen nach.
Adele kaufte lustlos ein, hier ein wenig und dort ein wenig, so kam ein halbwegs volles Einkaufsnetz zustande. Sie verließ den Supermarkt und sah Jakob, der ruhig stand, eine Plastiktüte in der Hand hielt und sie ansah.
»Wie«, fragte Adele, »muß ich annehmen, daß Sie auf mich gewartet haben?«
»Ja«, sagte Jakob ruhig, »ich wollte Ihnen einen Vorschlag machen.«
Sie standen voreinander, sahen sich an, es war eine kleine atemlose Pause entstanden.
Adele brach das Schweigen, fragte leise: »Lachs oder Kohlroulade?«
Jakob lächelte: »Wenn Sie es mir nachsehen wollen,

Adele, aber es entzückt mich immer wieder, wie spontan Sie zuweilen sind. Das muß einem einfallen: Ein Konflikt auf den kürzesten Nenner gebracht: Lachs oder Kohlroulade.«

Sie sah ihn geradezu flehend an.

»Ich wollte Sie einladen, Adele. Nicht zum Lachs.« Er korrigierte sich: »Zu dem auch. Aber zunächst zu einer Fahrt.«

»Wohin?«

»Es soll eine Überraschung sein.«

»Ich begreife schon, auf irgendeine Weise soll ich den kürzeren ziehen. Was soll ich tun?«

»In dieses Taxi steigen.« Jakob wies auf ein Taxi, das er offenbar angehalten hatte und das nun wartete.

Adele stieg ein.

Mißtrauisch fragte sie: »Wollen Sie mich wieder nach Hause schicken?«

»Nein«, sagte Jakob, »wir fahren zusammen.«

Er erklärte sich nicht weiter. Der Fahrer mochte seine Anweisung schon bekommen haben, er fuhr einfach los, kreuz und quer, wie es schien, keine für Adele erkennbare Richtung. Als sie schließlich ausstiegen, wunderte sich Adele.

»Wo sind wir denn hier?« fragte sie, »das ist ja das Planetarium.«

»Es ist das Planetarium.«

»Was wollen wir im Planetarium?«

»Hineingehen«, sagte Jakob, »alle volle Stunde haben sie einen Vortrag und eine Vorführung.«

Adele begnügte sich damit zu schweigen, obwohl eben das ihr sehr schwerfiel.
Sie gingen zur Garderobe.
»Darf ich«, fragte Jakob, nahm Adele das Einkaufsnetz ab, reichte es der Garderobenfrau, zusammen mit seiner Einkaufstüte.
»Bitte zu verwahren, einen Lachs, einige Rouladen, die nicht verwechselt werden wollen.« Er fragte: »Sie haben da keinen Hund in Verwahrung?«
Dann gingen sie hinein in das Gebäude.
Der Vortrag im großen Kuppelsaal begann. Ein Mensch, der mindestens Professor war, stand an einem Pult und hielt seinen Vortrag über den Weltenraum. Die Worte schwebten im riesigen Raum davon, als läge ihnen daran, ihrer Bündelung so schnell wie möglich zu entkommen. Sie verloren an Farbe, als gestatte es dieser Raum nicht, Farbe zu haben.
Jakob und Adele saßen unter anderen Menschen, die meisten Touristen aus dem Westen, die sich die Attraktion eines Planetariums nicht entgehen lassen wollten, ältere Leute ebenso wie auch eine Schulklasse. Alle sahen nach oben, denn im verdunkelten Raum zeigte sich die Pracht des Sternenhimmels. Lauter kleine Lichtpunkte, das ganze Lichtgebilde konnte man in Bewegung bringen, die Sterne wanderten langsam durch den Raum, der sich aufgelöst zu haben schien, die Phantasie hatte die Kuppelwände längst durchbrochen und projizierte die Sterne hinaus und hinauf.

Adeles Hand suchte die Hand Jakobs. »Jakob«, sagte sie leise, »Sie sind ein Filou.«
»Ich akzeptiere alles«, flüsterte Jakob zurück, »aber warum bin ich einer.«
»Weil Sie sich dabei was gedacht haben, mich hierher zu bringen.«
»Was habe ich mir gedacht?« fragte Jakob zurück.
»Fragen Sie noch mal, was ich vom menschlichen Streit halte?«
»Muß ich doch nicht, oder?«
»Nein, müssen Sie nicht«, sagte Adele, sah versonnen den Sternen zu, die sich lautlos bewegten, sah den ganzen funkelnden Himmel und sagte leise: »Jakob, jetzt habe ich Lust auf Lachs.«
Zur Mittagszeit saßen sie in Jakobs Wohnung am Mittagstisch. Es gab Lachs. Der Wein funkelte in den Gläsern.
»Um noch mal auf den Streit zu kommen, Jakob. Er war doch eine sehr große Erfahrung. Irgendwie kam ich mir vor – lachen Sie nicht über den Vergleich – wie jemand, dessen Brille beschlagen ist, der sie sich geputzt hat und nun viel klarer sehen kann.«
Sie holte Atem: »Aber mir gleich den Sternenhimmel um die Ohren zu schlagen, das war unfair.«
»Ich weiß, Adele«, lächelte Jakob, »aber Sie haben mir sehr Angst gemacht. Da mußte ich zu den verzweifeltsten Mitteln greifen.«
Sie aßen und tranken und genossen es wieder, ganz ruhig zu sein und in der Ruhe ein paar Gedanken

hervorzuholen, jene Tätigkeit also zu vollziehen, um deretwillen allein sich zu leben lohnt.

Das Orakel

Es begab sich eines Tages, daß Jakob in der Nähe von Adeles Wohnung zu tun hatte und ihr versprochen hatte, sie abzuholen. Er stieg also die Treppe des Hauses hoch, klingelte an der Wohnungstür.

Marion öffnete.

Sie war an diesem Morgen noch zu Hause, weil die ersten Unterrichtsstunden ausgefallen waren.

Sie hatte länger geschlafen, sah entsprechend frischer aus, da kam Glanz zu dem Glanz, der schon da war, dazu der besondere jugendliche Schwung in jeder Bewegung.

»Guten Morgen, Marion«, sagte Jakob, verhehlte nicht, daß ihr Anblick ihn entzückte.

Marion lachte, und Jakob nahm Adeles Enkelin in den Arm: »Auch ich möchte auf einen Brauch nicht verzichten, der immer mehr in Mode kommt. Man küßt einander zur Begrüßung.«

Er küßte Marion herzlich auf beide Wangen und setzte fort: »Was um so leichter fällt, je jünger und hübscher derjenige ist, dem man diese Aufmerksamkeit zuteil werden läßt.«

Marion führte Jakob in die Wohnung. Jakob sah sich um: »Bist du allein?«

»Adele ist in ihrem Zimmer.«
»Kommt sie nicht zum Vorschein?«
Marion zögerte ein wenig, lachte dann halb verlegen, halb unsicher. »Es ist etwas passiert, aber ich darf nicht sagen was.«
»Was passiert?« wunderte sich Jakob.
»Ich wollte Sie schon anrufen, aber Adele wollte es nicht. Sie sagte: Jakob soll nicht beunruhigt werden.«
»Eben das bin ich nun langsam«, sagte Jakob: »Ist sie krank? Hoffentlich hat sie nicht wieder einen Anfall von Lebensmißmut. Liegt sie im Bett?«
»Nein, sie sitzt im Sessel.«
»Was tut sie dort?«
»Sie sagte, sie denke nach. Und dies auf eine unglaubliche Weise.«
»Hm«, sagte Jakob, »das hört sich gefährlich an.«
Er sah Marion an: »Was soll ich tun? Sie ihren Gedanken überlassen?«
»Ich würde hineingehen.«
Also machte sich Jakob auf den Weg, klopfte an der Tür Adeles. »Darf man hereinkommen?« fragte er.
Keine Antwort.
Leise öffnete Jakob die Tür, trat ein in ein Zimmer, das halb verdunkelt war.
Adele saß in der Tat im Sessel. Sie hatte eine Decke um ihre Knie gezogen, saß zwar aufrecht, aber doch wie hineingebettet in den Sessel, was ihr einen Anblick von Hilfsbedürftigkeit gab.
»Guten Morgen, Adele.«

»Guten Morgen, Jakob«, sagte Adele. Ihre Stimme war weich, enthielt keine Festigkeit, ihre Worte schwammen ein wenig herum, als suchten sie ständig einen ordentlichen Platz, den sie leider nicht fanden.
Adeles Blick war verhangen. Etwas mühsam formierte sich ihr Blick.
Jakob staunte: »Wie sehe ich Sie denn da, Adele? Sie sitzen in einem Lehnstuhl, schützen sich mit einer Decke gegen den Lebenswinter? Was ist los?«
Adele sah ihn düster an: »Hm.«
»Wie sagen Sie hm?«
»So wie ich das von Ihnen gelernt habe. Auch Sie sagen gern hm, wenn Sie sich in einer besonderen Situation befinden.«
»Sie befinden sich also in einer besonderen Situation?«
»So ist es.«
Adele bewegte sich nun, als habe sie eine Art von Lebendigkeit zurückgefunden. »Ich war im Zweifel, ob ich Ihnen die Geschichte erzählen soll, aber Sie wissen ja, ich bin eine Frau, die letzten Endes nichts für sich behalten kann. Und schon gar nicht Dinge von lebenswichtigem Interesse. Setzen Sie sich aber erst.«
Jakob nahm im zweiten Sessel Platz.
»Ich bin bereit«, sagte er.
Und Adele begann: »Ich war gestern eingeladen.«
»Ich weiß, ich hatte einen einsamen Nachmittag.«
»Ein paar Damen aus der Bekanntschaft, die man nicht vernachlässigen darf, obwohl ich es tue. Aber eben aus diesem Grunde mochte ich die Einladung nicht abschla-

gen, fand mich also in Gesellschaft von vier, fünf Damen. Es gab Kaffee und Kuchen, ein bißchen Hin-und-Her-Gerede über alles mögliche.«

Sie dachte einen Moment nach, sagte dann: »Der Kuchen war gut.«

»Was war nicht gut?«

Adele warf jetzt die Decke beiseite. »Wie schnell Sie immer auf den Punkt kommen. In der Wohnung, die wir heimsuchten, gab es einen Untermieter, der uns vorgeführt wurde. Ein älterer Herr, der ganz gut aussah, nicht so gut wie Sie, was ich jetzt erwähne, ohne eine besondere Absicht damit zu verbinden. Aber immerhin gab er sich, weißhaarig wie er war, mit einem bedeutenden Gesichtsausdruck, so daß man ihm zutrauen mochte, Entdeckungen gemacht zu haben, die möglicherweise das Weltall betrafen.«

Trocken sagte Jakob: »Den Herrn gab es schon. Er hieß Einstein.«

»Richtig«, nickte Adele, »so sah er aus«, schränkte dann ein: »Jedenfalls ein bißchen so.«

Adele machte jetzt eine Pause, ehe sie fortfuhr: »Jakob, dieser Herr, der wenigstens ein bißchen wie Einstein aussah, war ein Wahrsager.«

Sie sah Jakob aufmerksam an, ein bißchen geniert.

»Ein Wahrsager?«

»So wurde er uns vorgestellt. Mit der Berufsbezeichnung Wahrsager. Er hat uns auch seine Geschäftskarte gegeben.«

Sie stand auf, holte ihre Handtasche, begann zu suchen.

»Er hatte eine Geschäftskarte?«

»Eine richtige Geschäftskarte, mit Namen, Adresse, Telefon. Und auch mit Geschäftsstunden.«

Sie gab die Suche auf. »Na, ich finde sie jetzt nicht. Sie machte jedenfalls Eindruck, fast seriös.«

Sie setzte sich wieder. »Er betreibt also die Wahrsagerei als ein Geschäft und lebt davon.«

»Möbliert?«

»Wieso möbliert?« fragte Adele.

»Sie sagten doch, er sei ein Untermieter. Woraus ich entnehme, daß der Herr, immerhin weißhaarig und ein bißchen wie Einstein aussehend, ökonomisch nicht sehr weit gekommen ist.«

»Aha«, sagte Adele, bekannte: »Die Schlußfolgerung habe ich noch gar nicht gezogen. Wenn es ihm nicht gut geht, dann hängt das möglicherweise mit den Preisen zusammen, die er nimmt. Sie sind nicht sehr hoch.«

»Adele«, sagte Jakob, »wieviel haben Sie ihm gegeben?«

»Fünfzig Mark. Wie finden Sie das? Ist es viel oder wenig?«

»Hm«, meinte Jakob, »für die Wahrheit zu wenig. Ganz abgesehen davon, daß die Wahrheit unbezahlbar ist.«

Adele zeigte eine gewisse Unruhe wieder deutlicher. Ärgerlich sagte sie: »Ich merke schon, *Sie* wollen das Ganze ins Philosophische ziehen. Aber *die* Wahrheit ist ja nicht gemeint.«

»Was war dann gemeint, Adele?«

Adele holte Atem. »Meine Wahrheit, Jakob. Meine ganz persönliche. Was man vor sich hat, was einem noch blüht. Sozusagen die nächste Zukunft. Sie müssen zugeben, daß so etwas für jeden Menschen von Interesse ist.«

Sie zog den Atem hoch, als wolle sie dem nächsten Satz besondere Bedeutung geben: »Jakob, der Mann *hat* erstaunliche Sachen gesagt.«

»Was hat er gesagt?«

»Auf den ersten Blick sagte er mir: Sie haben einen nervösen Magen.«

»Und?«

»Wie und? Ich habe einen nervösen Magen.«

»Adele«, sagte Jakob mit einer Stimme, der man Behutsamkeit, ja Vorsicht anmerkte, »jeder Mensch, fast jeder Mensch hat heutzutage einen nervösen Magen. Wenn er ihn nicht hat, dann bekommt er ihn noch.«

Ärgerlich sagte Adele: »Ich hab's mir gedacht. Natürlich, Sie sind dagegen. Ich wußte schon, warum ich mich gefragt habe, ob ich Ihnen davon erzählen soll.«

Sie wiederholte fast störrisch: »Er sagte: Sie haben einen nervösen Magen, und ich stelle fest, damit hatte er recht.«

»Adele«, bemühte sich Jakob um Sanftheit, »ich habe nichts gegen einen nervösen Magen. Die Berechtigung, ihn zu haben, spreche ich niemandem ab.«

»Hören Sie mir weiter zu«, entgegnete Adele, sah ihn fest an: »Der Mann kannte Sie.«

»Mich?«

»Ja, Sie Jakob.«

»Kannte mich?« staunte Jakob.

»Nicht persönlich natürlich, aber er wußte...« jetzt nahm ihre Stimme wieder an Festigkeit zu, »daß Sie existieren und in meinem Leben eine gewisse Rolle spielen. Das sagte er mir auf den Kopf zu.«

Jakob bewegte den Kopf hin und her: »Der Ausdruck gefällt mir nicht.«

»Welcher Ausdruck gefällt Ihnen nicht?«

»Auf den Kopf zusagen tut man gewöhnlich nur Unangenehmes.«

Er lächelte: »Ich wurde Ihnen also auf den Kopf zugesagt.«

»Ja.«

»Und daß ich in Ihrem Leben eine Rolle spiele. Hat er gesagt welche?«

»Eine bedeutende.«

»Hat er recht?«

»Er hat recht«, sagte Adele knapp, ihre Miene verdüsterte sich wieder.

»Aber dann kam es. Er prophezeite mir schwere Tage. Krankheiten. Möglicherweise Operationen. Er sah meine persönliche Zukunft ziemlich...« sie zögerte vor dem Wort, sagte es dann mit Überwindung, »ziemlich dunkel. Wissen Sie, daß der Mann mich plötzlich ganz mitleidig ansah. Er brach einfach ab, er zögerte weiterzusprechen, als wolle er mich schonen, mir das Schlimmste nicht sagen.«

Jetzt zeigte Adele ihre Unruhe ganz offen, sah Jakob ergeben an, als erwarte sie so etwas wie ein Urteil.
»Adele, glauben Sie dem Mann?«
Adele antwortete nicht gleich, sah Jakob an, flüsterte: »Er sagte unter anderem: Passen Sie auf Ihre Beine auf.« Sie machte eine Pause: »Jakob, heute morgen bin ich über eben diese meine Beine gestolpert, hingefallen, ich kann Ihnen den blauen Fleck zeigen. Überall habe ich Schmerzen. Ich überlegte schon, ob ich nicht zum Arzt gehen soll.«
»Haben Sie die Beine gebrochen?«
Ärgerlich sagte Adele: »Nein, sonst würde ich hier nicht herumlaufen, aber es könnte durchaus eine – eine Splitterung sein, eine Zerrung, Dehnung. Wie auch immer«, erklärte sie weiter, »jetzt sitze ich hier und denke: Der Kerl hat recht gehabt. Und ich sehe sein Gesicht vor mir, wie er mich ansah ...«
»Sehr mitleidig, sagten Sie, wie jemand, der Sie schonen, Ihnen das Schlimmste nicht sagen will.«
»Ja, Jakob.«
»Und Sie meinen, das leichte Stolpern war die Ouvertüre?«
»Muß ich nicht auf diesen Gedanken kommen, Jakob? Es war außerdem kein leichtes Stolpern, sondern ein kräftiges Langhinschlagen.«
Sie atmete tief auf: »Jakob, gibt es das? Gibt es Hellseher, die wirklich hellsehen? Die ganze Zeit sitze ich hier und denke darüber nach. Darüber, was noch kommt.«
Jakob wurde nun energisch. »Jetzt hören Sie mir mal zu,

Adele. Kein Mensch kann die Zukunft voraussehen. Auch Ihr 50-Marks-Hellseher nicht. Was Ihnen da heute morgen passiert ist, das Langhinschlagen, so weh es Ihnen auch getan hat, es kommt vor, ist nichts Besonderes, es ist fast Alltägliches.«
Adele holte Atem, nickte: »Das sage ich mir ja auch die ganze Zeit. Ich sage mir: Der Kerl hat keine Ahnung, der hat einfach drauflos phantasiert.«
Sie flüsterte: »So ist es doch, Jakob?«
»So ist es, Adele. Und jetzt eine Frage. Wie weh tun Ihnen Ihre Beine? Können Sie sie gebrauchen? Ich meine, was Sie brauchen, ist frische Luft.«
»Richtig«, nickte Adele, lachte, schien wie befreit.
»Aber ich war im Moment ganz unsicher geworden.«
Ihr Blick wurde heller.
»Also dann«, sagte sie, »wie ist das Wetter?«
Das Wetter war so, daß sie sich entschlossen, eine Havelrundfahrt zu machen. Das Wetter war schön, aber nicht zu schön, wenn das Wetter nicht zu schön ist, ist es natürlich besonders schön. Auf dem Schiff waren nur wenige Leute. Es herrschte eine angenehme Stille, der Wind war frisch, aber nicht zu frisch.
Jakob und Adele saßen auf einer Bank. Adele war ein wenig in sich zusammengesunken, hatte den Blick ganz nach innen gekehrt.
»Adele –« murmelte Jakob, »Sie denken immer noch darüber nach.«
Adele hob wie aufwachend den Kopf. »Ich dachte gerade an Shakespeare.«

»An Shakespeare?« wunderte sich Jakob.
»Naja, daran, was er einmal sagte, sagen ließ: Es gibt mehr Dinge zwischen Himmel und Erde – na, Sie wissen ja.«
»Die Sache mit der Schulweisheit.«
Adele fragte: »Jakob, war Shakespeare nicht auch ein aufgeklärter Mensch? Und schreibt so was.« Lebhaft fuhr sie fort: »Er hält es doch offenbar für möglich, daß es ganz erstaunliche Phänomene gibt. Ganz abgesehen davon, daß die Geschichte, die Kulturgeschichte davon lebt, von Prophezeiungen lebt. Denken Sie nur an das Orakel von Delphi.«
»Ja«, rief Jakob aus, »glauben Sie denn doch, daß Ihr möbliertes Orakel recht haben könnte?«
Adele atmete tief auf. Sie beteuerte: »Nein, nein Jakob. Nicht im geringsten. Das wäre ja absolut albern. Andererseits darf man natürlich auch Shakespeare nicht albern finden.«
»Nein, das darf man nicht.«
»Und daß ich mir heute morgen beinahe die Beine gebrochen hätte, das hat er immerhin vorausgesagt. Wohl rein zufällig, nicht wahr?«
»Ganz ohne Zweifel.«
Adele saß nun nicht mehr in sich versunken, sie blickte weit hinaus über die Havelseen, genoß den Tag, faßte mit der Hand nach Jakobs Arm, fast ein bißchen hilfesuchend.
»Komisch«, sagte Adele, »der äußere Mensch ist in gewisser Weise völlig intakt, aber der innere befindet

sich wohl in heilloser Verwirrung, was für Gedanken zucken da hin und her, die lauten, die leisen, die richtigen, die falschen, und alle, die falschen und die lauten, benehmen sich wie die richtigen.«

Jakob lachte. »Darüber müssen wir bei Gelegenheit mal reden, über den Gedankenwirrwarr in uns selbst.«

Sie stiegen irgendwo aus, fanden ein Gartenlokal, saßen dort zwischen pickenden Hühnern und träge herumliegenden Katzen, tranken Kaffee.

Adele verlor ihre Munterkeit, sank ein wenig in sich zusammen, fühlte sich wie ertappt von den Blicken Jakobs, lächelte schwach und ein wenig unglücklich: »Das Komische ist, Jakob. Ich fühle mich wirklich seit einiger Zeit nicht wohl.«

»Nein?«

»Ich habe es Ihnen nicht gesagt, um Sie nicht zu beunruhigen.«

»Was fehlt Ihnen denn?«

»Ich kann es nicht genau sagen. Es handelt sich um eine allgemeine Mattigkeit, von der ich nicht weiß, wo sie sitzt und von wo sie kommt. Aber sie ist da. Sie wissen ja, daß der Körper seine eigene Sprache hat, einem ständig Mitteilungen macht, die wir nur nicht ernst nehmen.«

»Ihr Körper hat also mit Ihnen gesprochen?« sagte Jakob, warf den pickenden Hühnern Brotbrocken zu.

»Ja, Jakob, das tut er schon eine ganze Weile.«

Ärgerlich wandte sich Jakob Adele zu, gab seiner Stimme eine gewisse Strenge: »Ich will Ihnen etwas sagen, Adele. Es spricht nicht der Körper zu Ihnen, sondern der Wahrsager.«

»Nein, nein, Jakob. Ich wehre mich natürlich dagegen, zu glauben, daß der Mann recht hat, andererseits können Sie nicht leugnen, daß der Körper zu mir spricht. Meine Beine haben heute morgen zu mir gesprochen, und auf eine ziemlich schmerzhafte Weise.«

Sie sah nun ganz unglücklich drein. »Jakob«, gab sie zu, »ich weiß wirklich nicht, was ich denken soll. Sehe ich nicht krank aus?«

»Sie sehen durchaus nicht krank aus.«

»Schauen Sie mal genau hin.«

»Das tue ich ja. Ich versichere Ihnen, Sie sehen nicht krank aus. Ihr Auge hat ihn immer noch –«

»Was hat mein Auge?«

»Den gewissen lebendigen Funken, den Jung-Mädchen-Funken.«

»Na hören Sie –« sagte Adele ärgerlich.

»Nun –« korrigierte sich Jakob, »es ist nicht der direkte Jung-Mädchen-Funke, aber doch ein bemerkbares Echo, eine Art Widerschein der Jugend, der mich immer entzückt hat.« Trocken setzte er hinzu: »Worauf es mir ankommt, egal wie matt Sie sonst sind.«

Adele wurde nun wieder munterer. »Erstaunlich«, sagte sie, »was Komplimente ausmachen. Ich muß mich direkt fragen, ob ich mir das nicht vorwerfen muß, darauf so spontan zu reagieren.«

Sie wurde ganz vergnügt. Sie verbrachten einen angenehmen Tag und waren abends in Jakobs Wohnung.

Jakob machte das Abendessen, ging damit einer Beschäftigung nach, die er liebte, kam einmal ins Wohnzimmer und sah Adele auf dem Sofa, zusammengesunken, matt, ein wenig glanzlos.

»Adele?«

»Ich finde, Jakob«, sagte sie matt, »Sie nehmen die Sache zu leicht. Gut, der Jung-Mädchen-Funke hat mir gefallen. Dies zu hören wird jeder Frau gefallen, die dazu neigt, zu ignorieren, daß ein altes Mädchen kein junges mehr sein kann. Sie haben meine Eitelkeit gegen meine Intelligenz ausgespielt. Was ich Ihnen vorwerfen muß. Ihre Absicht war, mich abzulenken.«

»Wovon habe ich abgelenkt?«

»Von der Tatsache, daß es von jeher Weissagungen gegeben hat, berühmte Weissagungen, die niemals in Frage gestellt wurden. Also gab es auch Leute, die über besondere Fähigkeiten verfügten. Über einen siebten Sinn oder über das zweite Gesicht.«

»Ja, spukt denn der Wahrsager immer noch in Ihrem Kopf herum?«

»Was kochen Sie gerade, Jakob?«

»Hühnerfricassee.«

»Wissen Sie, was der Mann sagte? Er sagte, Sie werden keinen Appetit mehr haben. Sie werden schlecht schlafen, nachts aufwachen, weil Sie Angstträume haben.«

»Hm, mein Hühnerfricassee sagt Ihnen gar nichts?«

»Tut mir leid, Jakob. Ich habe keinen Appetit und bin plötzlich auch ganz müde geworden. Ich möchte nach Hause.«

Jakob überlegte, entschied sich dann aber, nichts zu sagen. Das heißt, er sagte noch etwas, er sagte: »Dann gute Nacht.«

Am nächsten Morgen erschien Jakob ziemlich spät in der Wohnung Adeles.

Diesmal öffnete ihm Adeles Tochter die Tür.

»Guten Morgen«, sagte sie, »gut daß Sie da sind.«

»Was passiert?«

»Adele ist heute morgen nicht aufgestanden. Sie fühlt sich nicht wohl.«

»Was hat sie?«

»Ich weiß es nicht. Sie sagt auch nicht, was sie hat.«

Jakob klopfte erneut an die Tür Adeles, öffnete sie leise, fand wieder das Zimmer halb verdunkelt.

»Wieso kommen Sie so spät?«

»Tut mir leid, Adele. Ich hatte heute morgen noch zu tun, aber jetzt bin ich ja da. Sie liegen noch im Bett?«

»Um Ihre gesammelten Fragen gleich vorweg zu beantworten: Ich habe kein Fieber, mir tut nichts weh, es ist nicht nötig, einen Arzt zu holen.«

Jakob setzte sich auf die Bettkante.

»Jakob«, flüsterte sie, »habe ich zuviel Phantasie?«

»Phantasie, Adele, ist eine Gabe Gottes. Aber mit den Gaben Gottes muß man vorsichtig umgehen, was schwerfällt, wie ich zugeben muß.«

»Gehe ich nicht vorsichtig damit um?«

»Der Wahrsager, wie?«

»Ich kriege einfach nicht aus dem Kopf, was er gesagt

hat.« Sie flüsterte: »Ein Fehler, wie? Ist es so, daß meine Phantasie jetzt Amok läuft?«

Jakob lächelte, nickte. »Eine gute Formulierung, eine amoklaufende Phantasie.«

Adele brach aus, hilflos: »Sie ahnen gar nicht, was mit mir los ist. Ich mache mir die wildesten Gedanken. Und habe mich heute morgen so krank gefühlt, daß ich es geworden bin.«

Sie sah ihn hilflos an: »Was sagen Sie dazu?«

»Tja«, sagte Jakob, »da ist der innere Mensch wohl ganz und gar in Unordnung geraten. Die hin und her laufenden Gedanken finden anscheinend ihr Loch nicht, den Platz nicht, wo sie hingehören. Ich mache Ihnen einen Vorschlag.«

»Einen Vorschlag, Jakob?«

»Sie stehen jetzt auf. Sie können sich ruhig ein wenig schminken, so wie Sie es gestern getan haben.«

»Ist Ihnen das aufgefallen?«

»Auch im hohen Alter, Adele, sehe ich eine Frau noch ebenso aufmerksam wie gerne an. Dann machen wir uns auf den Weg.«

»Auf welchen Weg?«

»Wir machen einen Besuch.«

»Bei wem?«

»Es soll eine Überraschung sein.«

Adele stand auf, zog sich an, verzichtete aber darauf sich zu schminken, sie wollte so krank aussehen, wie sie sich fühlte.

Jakob lud Adele in ein Taxi, sie fuhren eine knappe

halbe Stunde und hielten vor einem Haus, das Adele sofort erkannte.

Sie war ausgestiegen, wandte sich zu Jakob um, der gerade den Taxifahrer bezahlte.

»Jakob«, sagte sie, »in diesem Hause wohnt der Wahrsager.«

»Richtig, hier wohnt er. Der uneheliche Sohn von Nostradamus.«

Besorgt sagte Adele: »Was haben Sie vor, Jakob. Sie können den Mann nicht zur Rechenschaft ziehen.«

»Will ich das? Ich möchte mich nur mit seinem zweiten Gesicht unterhalten.«

Sie stiegen die Treppe hinauf.

Adele gab zu bedenken: »Die Dame, bei der er wohnt, ist eine gute und alte Bekannte von mir. Wir müssen uns richtig verhalten, Jakob.«

»Keine Sorge. Ihre Bekannte ist gar nicht da.«

»Woher wissen Sie das?«

»Ich habe schon telefoniert, ich habe mich angemeldet. Der Wahrsager erwartet mich.«

Die Tür wurde geöffnet, es stand ein älterer Herr auf der Schwelle, weißhaarig, mit einem sehr faltenreichen Gesicht. Er sah ein bißchen aus wie Einstein, obwohl kein Zweifel daran besteht, daß Einstein besser aussah, auch wenn er manchmal die Angewohnheit hatte, die Zunge herauszustrecken.

»Herr Lohmann?« fragte Jakob.

»Guten Tag«, sagte der Weißkopf, fragte zurück: »Herr Biedermann?«

»Der bin ich«, lächelte Jakob, »ich hatte mich angemeldet.«
»Kommen Sie nur herein«, sagte Lohmann, machte eine weitausholende Handbewegung: »Kommen Sie nur herein.«
Er sah Adele, stutzte und sagte: »Hatten wir nicht vor zwei Tagen das Vergnügen?«
»Ja.«
Lohmann sah Jakob begeistert an: »Sie kommen also auf persönliche Empfehlung. So habe ich es gerne, Mundpropaganda. Einer sagt es dem anderen.«
Er nickte Adele freundlich zu, sagte: »Darf ich vorausgehen?« Und führte beide dann in sein Zimmer, das nicht sehr groß war, dafür aber in voller Unordnung. Überall lagen Bücher herum, aufgeschlagene Zeitschriften. Die Wände waren gespickt mit Darstellungen aus der Magieliteratur. Man sah Himmelskreise, ineinandergeschlungene Meridiane, Abbildungen von aztekischen Sonnenuhren ebenso wie Wandbehänge, auf denen der Mensch mit seinem Nervensystem abgebildet war.
Jakob sah sich alles an, zeigte sich beeindruckt.
»Ich hörte«, sagte Jakob, »Sie sagen die Zukunft voraus, nicht die große allgemeine, sondern die kleine nächstliegende, die naturgemäß von größerem Interesse ist.«
»Richtig«, nickte der Weißhaarige.
»Die große allgemeine Zukunft zu deuten, ist ja verhältnismäßig einfach. Sie ist düster, düster, düster. Aber die

kleine Zukunft, die, die einem selbst gehört, ist viel wichtiger, weil man sie ja vielleicht noch handhaben kann. Drücke ich das richtig aus?«

»Das drücken Sie sehr gut aus«, beeilte sich Lohmann zu sagen. »Größten Wert sollte man legen auf die sogenannte Handhabung. Das eigene Schicksal hat man ein bißchen in der Hand.«

»Im Gegensatz zum allgemeinen«, sagte Jakob, »dem man ja nicht ausweisen kann, weil nur Gott es handhaben kann.«

»Wie?« sagte Lohmann ein wenig irritiert, nickte dann: »Richtig, richtig«, er lächelte: »Ich sehe, ich habe es mit Leuten zu tun, mit denen man reden kann.«

Man setzte sich.

»Der Klient sind Sie?« fragte Lohmann Jakob.

»Ja, der bin ich. Der Dame hier haben Sie ja schon ihre nächste und ganz persönliche Zukunft vorausgesagt.«

»Jaja«, nickte Lohmann, fragte: »Was habe ich Ihnen noch gesagt? Ich glaube, Sie sollten auf Ihre Beine aufpassen.«

»Ja, das sagten Sie«, erwiderte Adele matt.

»Ich hätte gern«, fuhr Jakob fort, »einen Blick geworfen auf die nächsten Tage, Wochen, möglicherweise auch Monate. Von Jahren zu sprechen, wäre in meinem Alter ja schon vermessen und könnte von der Vorsehung übelgenommen werden. Ich nehme an...« lächelte er, »die Vorsehung liebt die Bescheidenen.«

Er hatte in die Tasche gefaßt, einen Geldschein hervorgeholt.

»Fünfzig?«
»Ja«, sagte Lohmann, nahm den Geldschein an sich, »nicht zuviel Honorar, wie Sie einsehen werden.«
Jakob fragte: »Darf man von Werbewochen sprechen?«
»In gewisser Weise«, nickte Lohmann, »nicht schlecht der Ausdruck.« Er lächelte stärker: »Ohne Werbung läuft ja nichts.«
»Sie sind neu hier?« fragte Jakob.
»Ja, vor vier Wochen nach Berlin gekommen und bin gerade dabei, eine Praxis einzurichten. Hier wohne ich ja provisorisch. Darf ich um Ihre Hand bitten?«
Jakob streckt ihm die Hand entgegen. Lohmann nahm sie behutsam, richtete den Blick auf Jakob. »Wollen Sie mich nun auch ansehen. Ich brauche diesen Kontakt.«
»Ich verstehe«, nickte Jakob, »er geht über Augen und Hand.«
»So ist es«, murmelte Lohmann, versank in Schweigen, das eine Weile dauerte.
Adele wohnte der Szene ganz intensiv bei, ließ kein Auge von Jakob, von Lohmann.
Jakob flüsterte: »Darf ich etwas sagen? Es wird Sie vielleicht verwundern. Kann das sein? Ich spüre jetzt etwas?«
Lohmann fragte irritiert: »Sie spüren etwas? Was spüren Sie denn?«
»Ein gewisses Brennen.«
»Wo brennt es denn?« wollte Lohmann wissen.

»In der Hand natürlich«, sagte Jakob, »und nun auch in den Augen. Das Gesichtsfeld trübt sich ein.«
»Trübt sich ein?« fragte Lohmann und war nun wirklich ein wenig aus der Fassung gebracht.
»Ihr Gesicht verschwindet«, sagte Jakob.
»Wieso verschwindet es?« fragte Lohmann.
»Es verschwindet in einem Nebel, der immer dichter wird.«
»Der immer dichter wird?« Lohmann war nun ernstlich besorgt, sah Adele an, aber die schien selbst verwundert zu sein.
»Aber der Nebel hebt sich jetzt«, begann Jakob wieder zu sprechen, »und jetzt sehe ich auch etwas.«
»Was sehen Sie denn?«
»Ich sehe – Moment, Moment, es wird immer klarer – ein großes Gebäude, etwas kastenartig, umschlossen von einer großen Mauer. Die Fenster sind – nanu? – ganz klein und alle sind vergittert.«
Lohmanns Gesicht verlor seine Lebendigkeit.
»Und jetzt höre ich auch etwas«, fuhr Jakob fort, »eine Stimme spricht und sagt mir jetzt etwas. Was sagt mir denn die Stimme? Haben Sie mal in diesem Gebäude gewohnt und ist das noch gar nicht solange her?«
Lohmann der immer noch die Hand Jakobs in seiner Hielt, zog die Hand nun panisch erschrocken zurück.
Jakob sah Lohmann an, fragte wie verwundert: »Was ist passiert? Bin ich jetzt auch ein Hellseher?«
Adele stand auf, flüsterte: »Jakob?«
»Nein, nein«, sagte Jakob, »ich habe da keine Zukunft

gesehen, das heißt vielleicht auch die, aber im Moment habe ich wohl eher in die Vergangenheit geschaut. Nicht wahr, Herr Lohmann?«

Jakobs Stimme war fester geworden, nüchterner, schärfer.

Er stand auf, wandte sich an Adele: »Liebe Adele, Herr Lohmann ist vor vier Wochen aus der Strafanstalt in Dortmund entlassen worden. Er saß dort ein wegen Betrügereien, die er jetzt fortsetzt, am neuen Ort, aber in der alten Weise und in netter Form.«

Lohmann war ganz entgeistert, hatte sich verfärbt, er stand vor der Wand mit den magischen Darstellungen und sah aus, als hätten die Meridiane ihn selbst umschlungen. So hilflos wirkte er.

»Kommen Sie, Adele«, sagte Jakob, wandte sich noch einmal an den wie vernichtet stehenden Lohmann, sagte eisig: »Guten Tag.«

»Moment, Jakob«, sagte Adele, »Sie haben etwas vergessen.«

»Was habe ich vergessen?«

»Sie haben vergessen, Ihr Geld zurückzufordern.«

»Richtig«, sagte Jakob, wandte sich an Lohmann, der schon ebenso eilig wie schweigend den Geldschein aus der Tasche gezogen hatte.

Jakob steckte ihn ein, sah dann Adele an: »Und jetzt, meine Liebe, haben Sie etwas vergessen. Nämlich Ihr Geld zurückzufordern.«

»Richtig«, sagte nun auch Adele. Und Lohmann mußte noch einmal einen Fünfzig-Mark-Schein herausrücken.

Er tat es wieder eilig und schweigend, und das Flehende in seiner Geste war nicht zu übersehen.
Jakob und Adele verließen das Haus, traten auf die Straße hinaus, und hier erst, in frischer Luft, zeigte Adele ihre Verblüffung.
»Wie haben Sie das herausgekriegt, Jakob?«
»Ganz einfach. Ich wußte den Namen Ihrer Bekannten, erfuhr den Namen unseres Wahrsagers und machte eine kleine Anfrage beim Polizeipräsidium.
Er fragte weiter: »Und wie geht es Ihnen jetzt, meine Liebe?«
»Wie meinen Sie?«
»Der Magen? Noch nervös?«
»Von Nervosität keine Spur.«
»Die rätselhafte Mattigkeit?«
»Wie verflogen.«
»Die allgemeine Stimmung?«
»Ist als glänzend zu bezeichnen und kaum zu ertragen.«
Sie lachte: »Der Tag ist jung. Was stellen wir an?«
»Es wird uns schon was einfallen«, erwiderte Jakob.

Ach, wenn doch der Hahn krähen würde

Jakob mochte keine großen Kirchen. Vor Kathedralen habe er Angst, sagte er. In ihnen käme er sich klein vor. Es sei zwar nichts Besonderes, sich in Kirchen klein vorzukommen, möglicherweise sei dies sogar dem Orte angemessen, aber zu klein dürfe man sich auch nicht vorkommen, da dies eine Fremdheit zur Folge habe, die in einer Kirche nun auch nicht gerade angebracht sei.
So bevorzugten Jakob und Adele sonntags eine kleine Kirche, die fast ein wenig schmucklos war, viele weiße Wände, der Altar nicht sehr prunkvoll, flankiert von großen Kandelabern. Die Bänke waren schlicht, was auch hart bedeuten konnte. Aber die kleine Kirche besaß einen Pfarrer, der kurz und bündig redete, nicht viele Worte machte, aber diese durchaus gehaltvoll, so daß die Kirchenstunde ziemlich rasch zu Ende war, rasch genug, um die harten Bänke ertragen zu können. Das Schlußlied wurde gesungen, die Glocken läuteten, die Kirchentüren öffneten sich, und die Gottesdienstbesucher verließen den Raum.
Jakob und Adele traten ebenfalls hinaus auf den Vorplatz. »Der Pfarrer«, so sagte er, »hat mich heute sehr getröstet.«

»Wie das?« wunderte sich Adele, »die Bibelstelle, die er sich ausgesucht hat, war doch nicht sehr erhebend.«

»Wie lautete sie noch?«

»Und der Herr sagte: Ihr sollt nicht vom Baum der Erkenntnis essen. So ihr solches tut, selbigen Augenblicks werdet ihr des Todes sein.«

»Nun, liebe Adele, in unserem hohen Alter bezieht man wohl alles mehr oder weniger auf ein immer näherkommendes Ende. Wenn wir diesen Satz für wahr halten – und er ist es sicher, denn er steht ja in der Bibel –, dann wird uns mit diesem Spruch auch etwas versprochen. Nämlich«, er hob die Stimme, machte sie fast ein wenig feierlich, »im Augenblick des Todes wirst du vom Baum der Erkenntnis essen.«

Adele blieb stehen, sah Jakob an.

»Sie haben den Satz umgekehrt.«

»Wozu er doch einlädt. Es handelt sich um eine logische Umkehrung, liebe Adele. Er bedeutet: Leben und Erkenntnis schließen sich aus. Also bringt uns der Tod die Erkenntnis, die große, die göttliche, wie immer man sie nennen will, vielleicht könnte man sie die absolute Wahrheit nennen.«

»Hm«, murmelte Adele, »und das hat Sie getröstet?«

»Überlegen Sie doch mal. Wir waren ein Leben lang auf der Suche nach Erkenntnis, nach dem, was richtig ist, auf die Dauer richtig, in einer endgültigen Weise richtig. Nun hören wir, daß alles nichtig ist, aber daß wir uns auf den Tod freuen können, weil er uns den tiefen, den notwendigen Wunsch erfüllen wird. Wir werden vom Baum der Erkenntnis essen.«

Adele sah Jakob forschend an, sie suchte nach dem kleinen, etwas ironischen Lächeln, mit dem Jakob zuweilen seine Aussprüche apostrophierte, ihnen damit Bedeutung gab oder sie ihnen nahm.

Aber er war ganz ernst.

Adele hätte gern länger über diese erstaunliche Umkehrung eines Bibelwortes gesprochen, aber eine der Kirchenbesucherinnen kam jetzt auf beide zu.

Es war Frau Schlüter, die auch jeden Sonntag diese kleine Kirche aufsuchte. Man kannte sich also.

Frau Schlüter war etwa fünfundsechzig, eine Frau mit einem fröhlichen Naturell. Es gibt ja Leute, hatte Jakob einmal festgestellt, die ein tief innewohnendes Lächeln einfach nicht aus ihrem Gesicht verbannen können. Es sitzt in den Augenecken, in den Mundwinkeln, ein wenig sichtbar und immer auf die Gelegenheit wartend, sich ganz sichtbar zu machen.

Frau Schlüter kam also heran, wünschte guten Tag und begann schon zu lächeln.

»Ich habe heute zwar vor Ihnen gesessen, aber ich habe gewußt, daß Sie da sind.«

»Wie das?« fragte Jakob.

»Ich habe beim Gesang Ihre Stimme herausgehört.«

»Um Himmels willen«, sagte Jakob, »ich neige manchmal dazu, falsch zu singen. Nicht weil ich mir damit eine persönliche Note geben will, sondern weil ich es nicht besser kann.«

»Nein, nein«, sagte Frau Schlüter. »Ihre Stimme ist nicht unangenehm. Sie haben eine sehr schöne Stimme, eine volle, kräftige Stimme, Bariton. Ich höre sie heraus und weiß, daß Sie da sind.«

Ihr Lächeln, das voll da war, verschwand ein wenig. »Ich hätte Sie gern einmal gesprochen, Herr Biedermann. Ich habe ein Problem und überlegte, mit wem ich darüber sprechen kann.«

»Da fiel ich Ihnen ein?«

»Ja, Sie fielen mir ein. Gehen Sie gleich nach Hause?«

»Nein, wir gehen gegenüber in die Kneipe. Man hört eine Predigt und trinkt dann in aller Ruhe ein Bier und redet mit den Leuten. So beginnt kein schlechter Sonntag.«

»Darf ich dann hinüberkommen. Ich habe jetzt noch mit dem Pfarrer zu sprechen. Auch wegen meines Problems.«

»Wir sind drüben und erwarten Sie«, sagte Jakob.

Frau Schlüter verschwand wieder in der Kirche, während Jakob und Adele noch auf dem kleinen Vorplatz standen. Die Morgensonne schickte sich an, eine Mittagssonne zu werden, sie verlor die Morgenfarbe, wurde ein wenig weißer und wärmer.

Jakob murmelte: »Sie hörte meine Stimme heraus. Was soll ich denn davon halten?«

»Sie hat ja gesagt, was sie davon hält. Sie haben eine sehr schöne Stimme, voll, kräftig, männlich.«

»Hat sie männlich gesagt?«

»Das habe ich von mir aus hinzugefügt«, sagte Adele, fügte trocken hinzu: »Weil es so ist.«

»Hm«, sagte Jakob, »zwei reizende ältere Damen, die meine Stimme loben? Habe ich da vielleicht eine Karriere verpaßt?«

Adele lächelte: »Möglicherweise. Außerdem hat mir gefallen, was Sie, Jakob, gesagt haben, den Sonntag betreffend.«

»Was habe ich gesagt?«

»Wie man einen Sonntag anfangen sollte.«

»Nun ja, auf eine Weise, die wohltuend ist. Und was wohltuend ist, läßt sich zurückführen auf einfachste Dinge.«

»Was wäre da zu nennen?«

»Die Chinesen, liebe Adele, haben ein altes Sprichwort. Es heißt: Schön sei es zu leben an einem Ort, an dem man einen Hund bellen hört, das Krähen eines Hahnes und vom nächsten Dorf her das Läuten einer Glocke.«

Adele dachte nach, meinte dann: »Nun, davon sind wir weit entfernt. Ein chinesisches Sprichwort sagten Sie?«

»Was gefällt Ihnen daran nicht?«

»Aber, Jakob. Wo läuten in China Glocken? Die haben doch da gar keine Kirchen.«

»Adele«, sagte Jakob, »bringen Sie mich nicht durcheinander. Man neigt nun mal dazu, ein altes Sprichwort, wenn es nur halbwegs weise ist, ein chinesisches zu nennen. Also seien Sie nicht kleinlich.«

Sie gingen hinüber in die Kneipe, wo in der Tat einige der Kirchenbesucher sich versammelt hatten. Es war ein lebhaftes Gespräch im Gang, die Worte flogen hin und her, Gelächter war zu hören, und im Gelächter drückte sich Befriedigung aus, in eben dieser Weise einen Sonntag zu beginnen.

Jakob und Adele fanden noch einen Tisch, bestellten ihr Bier und saßen dort. Gotteswort und Menschenwort gingen durcheinander.

Frau Schlüter erschien wieder. »Darf ich noch mal stören?« fragte sie.

»Wir haben Ihnen einen Stuhl freigehalten. Setzen Sie sich, darf ich Ihnen auch ein Bier bestellen?«

»In Ordnung«, sagte Frau Schlüter, nach leichtem Zögern, »es spielt schon keine Rolle mehr.«

»Was spielt keine Rolle mehr?«

»Ich trinke im Moment ziemlich viel. Ich meine, da kommt es auf ein Glas mehr oder weniger nicht an.«

Jakob bestellte also noch ein Bier, sah Frau Schlüter dann aufmerksam an.

Die alte Dame, deren Lächeln sich auf ihrem Gesicht nun ganz zurückgezogen hatte, holte Atem: »Ich wollte Sie fragen, ob Sie nicht ein paar alte Möbel gebrauchen könnten.«

Adele wunderte sich: »Ob wir Möbel gebrauchen könnten?«

»Ja, ich – ich muß mich von meinen Möbeln trennen. Was mir nicht leichtfällt. Es würde mir helfen, wenn ich wüßte, wer sie bekommt.«

»Warum müssen Sie sich von Ihren Möbeln trennen?«

»Ich ziehe aus, ich kann meine Wohnung nicht mehr bezahlen. Es hat da eine Mieterhöhung gegeben. Die schaffe ich nicht mehr.«

»Mieterhöhung?« sagte Adele, warf Jakob einen Blick zu, »davon können wir auch ein Lied singen. Hat man sie sehr erhöht?«

»Um mehr als zehn Prozent. Und das kann ich nicht auffangen. Die Möbel, um die es geht, sind sehr gute Möbel, nicht antik, aber fast antik, ich habe sie vor vierzig Jahren mit in die Ehe gebracht. Und das bedeutet sehr gute Qualität, Handarbeit.«

Adele empörte sich: »Schon wieder Mieterhöhung, Jakob. Und ich wiederhole, was ich schon mal gesagt habe, Sie erinnern sich: Ist denn das erlaubt?«

»Adele«, sagte Jakob ruhig, »alles ist erlaubt, wogegen man sich nicht wehren kann.«

»Und kann sie sich nicht wehren?« beharrte Adele.

Frau Schlüter ergriff das Wort: »Ich habe mich gewehrt. Ich habe einen Brief geschrieben. Das Büro hat mir auch geantwortet.«

»Was für ein Büro?«

»Der Vermieter hat ein Büro, das sich nur mit seinen Mieten beschäftigt.«

»Und was haben die geschrieben?« fragte Jakob.

»Ich habe den Brief nicht verstanden«, gab Frau Schlüter zu.

»Wieso haben Sie ihn nicht verstanden?« wollte Adele wissen.

»Es wurde darin auf lauter Bestimmungen und Gesetze hingewiesen.« Sie gab zu: »Ich konnte damit nichts anfangen.«

»Und was haben Sie jetzt vor?«

»Der Pfarrer besorgt mir eine Stelle in einem Heim.«

»Gehen Sie da gern hin?« fragte Adele und befand sich in einer kämpferischen Stimmung.

»Nein, da gehe ich natürlich nicht gern hin. Ich gehe ungern aus meiner Wohnung fort.«

»Was wir verstehen können«, rief Adele aus, »wir standen selbst einmal vor diesem Problem.«

»Was haben Sie in diesem Falle getan?«

»Gezahlt«, rief Adele, »es blieb uns nichts anderes übrig.«

»Sehen Sie«, sagte die alte Dame matt, »und eben das kann ich nicht.«

Adele wandte sich mit einem Ruck an Jakob. »Können wir da nichts machen, Jakob?«

»Nein«, sagte Jakob ruhig. »Wir können ihr nicht helfen. Wir können ihre Möbel nicht abkaufen, weil wir dafür gar keinen Platz haben, und wir können nichts unternehmen gegen die Mieterhöhung.«

So wurde der Sonntag doch nicht so schön, wie er begonnen hatte. Jakob und Adele gingen nach Hause.

Adele hatte heute das Mittagessen übernommen, stand am Küchentisch und klopfte das Fleisch.

»Sie mißhandeln das Fleisch«, sagte Jakob.

»Ah was«, rief Adele aus, »wir werden alle mißhandelt.«

»Sie sind zornig, wie?«

»Ich weiß«, sagte Adele, »daß eine Dame – so sie Wert darauf legt, eine zu sein – ihre Gemütswallungen nicht zeigt, aber ich lege im Moment keinen Wert darauf, eine Dame zu sein.«

»Dann sagen Sie mir den Grund, warum Sie so zornig sind.«

Adele brachte das Fleisch in einer Pfanne unter, wo es zu dampfen und zu zischen begann. »Der Grund, Jakob, sind Sie.«

»Ich, Adele?«

»Sie haben die Not der alten Dame gesehen. Und gesagt: Da kann man nichts machen.«

»Kann man doch auch nicht.«

»Aber Sie haben es nach meinem Gefühl zu schnell gesagt. Sie haben ja kaum Atem geholt. Sie haben es versäumt, auch nur einen Gedanken daran zu verschwenden.«

»Adele –« sagte Jakob, »das haben wir doch selbst alles durchexerziert. Sie können mir doch nicht vorwerfen, daß ich keine Pause gemacht habe, sondern gleich gesagt habe, was ich davon halte.«

»Es hörte sich nach Kapitulation an. Das bin ich von Ihnen nicht gewöhnt.«

»Ja, du liebe Zeit«, sagte Jakob, »was tut man denn in einer ausweglosen Situation?«

Er war deutlich ärgerlich, fast ein wenig getroffen, schien nachzudenken, sagte dann rauh: »Adele, nehmen Sie das Fleisch aus der Pfanne. Es ist gar.« Er fügte hinzu: »Ich bin es auch.«

Sie aßen schweigend. Dann stand Jakob auf, telefonierte mit Frau Schlüter, ließ sich den Namen des Vermieters und die Adresse seines Büros geben.

Adele hatte den Kopf erhoben.

»Ja«, nickte sie, »ja, Jakob, so. Ist Ihnen jetzt nicht ganz anders zumute?«
»Ich will Ihnen sagen, wie mir zumute ist. Ich komme mir vor wie Don Quijote. Ich schicke mich gerade an, meine Rosinante zu besteigen, um gegen eine Windmühle zu reiten.«
Am nächsten Morgen ließen sich Jakob und Adele zum Büro des Vermieters fahren.
Sie hielten vor einem riesigen Bürohaus.
»Hm«, sagte Jakob, »wie gehabt.«
Sein Blick wanderte den Büroturm hoch, Stahl und Glas, möglicherweise ein Kunstwerk, aber es wirkte kalt und abweisend, menschenfeindlich.
Adele sagte: »Wissen Sie, Jakob, woran ich jetzt denken muß? An Ihren chinesischen Spruch, wie man leben sollte. So daß man in der Ferne einen Hund bellen hört, einen Hahn, der kräht und das Läuten einer Glocke vom nächsten Dorf.«
»Tja«, murmelte Jakob, »Hunde und Hähne sind aus der Mode gekommen, wenigstens die Hähne, und das Glockenläuten hat auch nicht mehr die Bedeutung von einst.«
Sie gingen in die Halle hinein, die gigantisch hoch war. Der Blick Jakobs verlor sich in der Suche nach der Decke dieses Raumes.
»Heutzutage«, murmelte er, »macht man die Gegenstände groß. Der Mensch hingegen bleibt so klein wie er ist.«
»Verläßt uns der Mut, Jakob?«

»Auch der Mut, Adele, darf sich zuweilen fürchten.«
»Fürchten wir uns?« fragte Adele.
»Sagen wir so: Eine leichte Beklommenheit ist nicht wegzuleugnen.«
Sie orientierten sich, bestiegen den Fahrstuhl und fuhren nach oben. Der Mann hatte sein Büro wohl im obersten Stockwerk.
Adele sah Jakob an: »Sie tun es meinetwegen, nicht wahr, Jakob?«
»Ihretwegen?«
»Ich glaube, ich habe Sie dazu gebracht, unsere paar Möglichkeiten zu überschätzen.«
Jakob schwieg, und Adele flüsterte: »Es wäre schön, wenn man jetzt einen Hund bellen hören würde und einen Hahn krähen.«
Sie sah besorgt auf die Leuchtzahlen über der Tür.
»Wissen Sie, daß ich manchmal träume, daß ich in einem Fahrstuhl bin, der einfach nicht hält?«
»Dieser hält«, erwiderte Jakob trocken.
Denn er hielt nun wirklich.
Jakob und Adele wanderten einen Gang entlang, suchten die Firma, den Namen und fanden schließlich die Tür: Drauer, Immobilien.
»Wir haben schon mal vor so einer Tür gestanden, Adele.«
»Ich weiß. Und wie damals bin ich wieder entmutigt. Wir haben ein persönliches Anliegen und befinden uns in einer unpersönlichen Umgebung.«
»Müssen sie nicht gerade deswegen verteidigt werden? Die persönlichen Anliegen?«

»Aber von uns, Jakob?« fragte Adele, »von uns alten Leuten?«

»Wir versuchen es halt.«

Jakob klopfte, öffnete dann gleich die Tür.

Sie fanden sich in einem Vorzimmer wieder, das deutlich auf Größe angelegt war, auf Größe und Vornehmheit.

Man sah mehrere Angestellte an ihren Schreibtischen, darunter zwei junge Mädchen, die vor Bildschirmen saßen, Tasten bewegten und den huschenden grünen Leuchtzeichen mit angespannter Aufmerksamkeit folgten.

Eine der Sekretärinnen löste den Blick eher zögernd vom Bildschirm, wandte sich um.

»Sie wünschen?«

»Wir hätten gern Herrn Drauer gesprochen.«

»In welcher Angelegenheit?«

»In einer Mietangelegenheit.«

Die Sekretärin war jung und hübsch, etwas zu perfekt angezogen, wie Adele fand. Das Wort Mietangelegenheit erzeugte eine Reaktion bei ihr, sie richtete sich eine Spur auf.

»Wenn Sie mir sagen, worum es sich handelt, werde ich Ihnen vielleicht helfen können.«

»Nein«, sah Jakob das junge Mädchen freundlich an, »wir hätten gern Herrn Drauer persönlich gesprochen.«

Die Sekretärin zog ein wenig die Brauen zusammen: »Herr Drauer hat wenig Zeit.«

»Was ich durchaus verstehe«, lächelte Jakob höflich. »Aber wir haben Zeit. Sie verstehen«, seine Stimme klang herzlich, jovial, »wir sind alte Leute, nicht mehr im Beruf. Dennoch nicht ganz ausgeschieden aus dem Leben, verfügen wir über Zeit, zwar nicht in Überfülle, aber doch reichlicher als der gewöhnliche Mensch, wobei ich davon ausgehe, daß Herr Drauer ein gewöhnlicher Mensch ist.«

Die anderen Angestellten im Raum waren aufmerksam geworden, hatten ihre Tätigkeiten unterbrochen und sahen herüber. Die Sekretärin war deutlich aus dem Konzept gebracht.

»Wir werden gerne warten«, nickte Jakob ihr freundlich zu.

Die Sekretärin sah sich ein wenig hilfesuchend zu ihren Kollegen um, von denen aber keine Hilfe kam, sondern die in staunender Verwunderung verharrten.

Deshalb stand die Sekretärin auf, sagte: »Einen kleinen Moment, bitte.« Sie verschwand im Nebenzimmer, blieb dort eine Weile.

Adele flüsterte: »Sehr gut, Jakob.«

»Was fanden Sie gut, Adele?«

»Ihren Hinweis, daß wir uns noch im Leben befinden, wenn auch nicht in des Lebens Mitte, sondern eher ein wenig am Rande.« Sie lächelte: »Sind wir Randbewohner des Lebens, Jakob?«

»So kann man es nennen, Randbewohner mit interessanten Ausblicken auf die Mitte, meine Liebe.«

Die anderen Angestellten hatten sich wieder wortlos

ihren Tätigkeiten hingegeben. Auf den Bildschirmen jagten die Zeilen einander. Es flimmerte und ratterte, die Computerwelt stellte sich selber dar.
Adele sah es, sagte: »Man will uns einschüchtern, Jakob.«
»Nichts Besonderes, Adele. Das menschliche Zusammenleben ist darauf eingestellt.«
»Worauf, Jakob?«
»Darauf, daß einer den anderen einschüchtert. So werden die kleinen Hierarchien geschaffen, aus denen die menschliche Gesellschaft sich zusammensetzt.«
Adele wies auf die Bildschirme.
»Sehen Sie das? Um was handelt es sich da?«
»Um das allerwichtigste im Geschäftsleben, Adele. Um Adressen. Der Mensch besteht im wesentlichen aus seiner Adresse. Daß er ein Mensch ist, tritt hinter dieser Tatsache fast in den Hintergrund.« Er murmelte: »Wir sind auf dem Wege zu einer Adressengesellschaft.«
In diesem Augenblick kam die Sekretärin zurück in den Raum, begleitet von einem jungen Mann, sehr kühl, sehr distanziert, korrekt angezogen.
»Guten Tag«, sagte der junge Mann. Er musterte Jakob und Adele, erlaubte sich eine kleine Pause – zur Einschüchterung, wie Adele später feststellte.
»Ich höre, Sie haben ein Anliegen an Herrn Drauer.«
»Ja«, sagte Jakob höflich.
»Wollen Sie mir nicht sagen, worum es sich handelt? Ich bin der Assistent von Herrn Drauer.«

»Wir hätten gern Herrn Drauer persönlich gesprochen.«
Der junge Mann blieb völlig gelassen, wirkte eher fast ein wenig neugierig. Er sagte: »Das wird schlecht gehen. Herr Drauer ist beschäftigt. Wollen Sie mir nicht sagen, was Sie für ein Anliegen haben?«
»Nein.«
»Ich werde Ihnen sicher helfen können?«
»Nein, das können Sie nicht.«
»Dann sollten Sie Herrn Drauer schriftlich mitteilen, was Sie von ihm wünschen«, sagte der junge Mann nun etwas schärfer, aber immer noch höflich. »Sie werden dann eine Nachricht bekommen und möglicherweise einen Termin.«
Jakob lächelte unbefangen, breitete die Arme aus.
»Aber nun sind wir ja hier. Ich sagte schon der jungen Dame da, daß wir über Zeit verfügen. Es macht uns nichts aus zu warten.«
Der Assistent verlor nun langsam die Geduld, zumal alle Angestellten im Raum wieder ihre Tätigkeiten unterbrochen hatten und der Szene mit Aufmerksamkeit folgten.
»Das kann Stunden dauern«, rief der junge Mann.
»In unserem Alter«, lächelte Jakob, »machen uns Stunden nichts mehr aus. Also, machen Sie sich keine Sorge –« setzte er liebenswürdig fort, »wir warten gerne.«
Der junge Mann stieß hervor: »Vielleicht hat Herr Drauer heute überhaupt keine Zeit mehr.«

»Das können wir ja abwarten«, sagte Jakob, »wann machen Sie Schluß hier?«
»Um sechs«, rief der junge Mann nun ohne jede Höflichkeit.
Jakob hob die Hand: »Kein Problem für uns. Wenn Herr Drauer heute keine Zeit für uns hat, wofür wir Verständnis hätten, dann kommen wir morgen wieder. Es macht uns wirklich nichts aus.«
Der Assistent starrte Jakob an, als habe es ihm die Sprache verschlagen.
Jakob fuhr fort: »Wenn Sie uns nur erlauben würden Platz zu nehmen. Stehen fällt uns doch langsam schwer, sitzen hingegen überhaupt nicht.«
Der junge Mann wandte sich abrupt um, sah sehr wohl die gespannte Aufmerksamkeit aller Angestellten.
Er verschwand im Nebenzimmer.
Jakob und Adele setzten sich, saßen an der Wand auf Stühlen, die gar nicht mal unbequem waren.
Sie saßen dort in aller Ruhe nebeneinander an der Wand.
Jetzt ging die Nebentür erneut auf. Ein etwas älterer Mann erschien, blieb an der Tür stehen, sah wortlos auf Jakob und Adele und entfernte sich wieder.
»Wir werden gemustert«, flüsterte Adele.
»Das heißt«, gab Jakob ebenso leise zurück, »daß wir Wirkung erzeugt haben.«
Adele wandte sich dem jungen Mädchen zu, das wieder vor ihrem Bildschirm saß, die Tasten betätigte und angestrengt kontrollierte, was dann wie mit Zauber-

kraft auf dem Bildschirm erschien, sich bewegte, sich formierte, nach oben oder unten rückte.
Adele sagte: »Wir sehen Ihnen schon die ganze Zeit zu. Fasziniert zu. Was erscheint da auf Ihrem Bildschirm?«
Jakob sagte: »Namen und Adressen, Adele. Das ist eine Art Kartei. Habe ich recht?«
Das junge Mädchen schien zu überlegen, ob es ihr erlaubt sei zu antworten, nickte dann: »Ja, Sie haben recht.«
Adele sah Jakob an: »Ob ich jetzt mal etwas fragen. darf?«
»Fragen Sie nur, Adele.«
Adele wandte sich an das junge Mädchen. »Ist da auch der Name Schlüter in Ihrem Apparat, Josefine Schlüter.«
Jakob erklärte: »Die Dame hat bei Ihnen eine Wohnung gemietet.«
»Dann ist sie sicher in Ihrer Kartei enthalten«, sagte Adele lebhaft und erklärte: »Wir kennen Frau Schlüter vom gemeinsamen Kirchgang her. Eine sehr nette ältere Dame, weißhaarig, eher lebhaft und fröhlich.« Wie fragend sah sie Jakob an, der sogleich nickte: »Ja, eine immer gutgelaunte Frau.«
Er sah das junge Mädchen an: »Aber das werden Sie sicher nicht programmiert haben. Ich meine, wer der Mensch *ist*. Ich nehme an, daß das für Ihren Apparat da unerheblich sein wird. Wollen Sie mal versuchen?«
Das junge Mädchen warf einen Blick ihren Kollegen zu, die stumm herübersahen.

Dann schien sie sich zu lösen aus ihren Abhängigkeiten, drückte auf ihren Tasten die Buchstaben des Namens Schlüter.

»Da ist sie«, sagte Adele lebhaft.

»Da steht ihr Name, Schlüter, Josefine. Der Name, geboren, Familienstand, ein paar Daten, ein paar Zahlen, das was gebraucht wird.«

»Sonstige Umstände«, fügte Jakob hinzu, »spielen keine Rolle.«

Ruhig fuhr er fort, den Blick auf alle gerichtet, die im Raum waren.

»Es spielt keine Rolle, daß sie klein ist, zart ist, fröhlich ist, aber auch zur Mutlosigkeit neigt, daß es ihr gelingt, tagsüber ihre Depressionen zu vertreiben, die aber nachts da sind, und nachts sind sie besonders schlimm. Besonders wenn man niemanden hat, mit dem man Sorgen teilen kann.«

Er stellte ruhig fest: »Das wird da auf Ihrem Bildschirm nicht mitgeteilt.«

»Sie sagten es ja schon, Jakob, es ist unerheblich.«

Jakob fragte: »Steht da die Mieterhöhung schon drin?«

Das junge Mädchen: »Ja, da ist eine Mieterhöhung vermerkt. Sind Sie deswegen hier?«

»Deswegen, ja.«

Adele setzte hinzu: »Ob man sie nicht zurücknehmen kann.«

»Die Mieterhöhung?« fragte die junge Sekretärin ein wenig staunend, als sei da ein ganz unmöglicher Gedanke ausgesprochen worden.

»Ja, die Mieterhöhung«, sagte Jakob. Einfach streichen. Kann Ihr Apparat das nicht, ausstreichen? Etwas rückgängig machen? Weil er etwas berücksichtigt hat, daß für einen alten Menschen eine Wohnung, seine Wohnung, das letzte Refugium ist.«

Er setzte ruhig hinzu: »Das vorletzte natürlich.«

Das junge Mädchen sah von einem zum anderen: »Darüber wollten Sie mit Herrn Drauer sprechen?«

»Darüber«, sagte Adele fest.

Die Sekretärin zögerte, löschte dann mit einem Tastendruck die Erscheinungen auf dem Bildschirm. Frau Schlüter verschwand wie auf Nimmerwiedersehen.

Das Mädchen stand auf, sah ihre Kollegen an, die sich ihr alle zugewandt hatten und sie ansahen.

Etwas hilflos, aber damit zugleich sehr menschlich, zuckte das junge Mädchen die Schultern und ging ins Nebenzimmer.

»Und jetzt, Jakob?«

»Wir sitzen«, sagte Jakob, »man kann Kasernen blokkieren, Kraftwerke, Flughäfen, aber wir blockieren nun auch, haben einen Sitzstreik angefangen.«

»Sie werden uns hier wegtragen müssen?«

»So ist es, Adele. Sind Sie aufgeregt?«

»Nein, nur neugierig.«

Das junge Mädchen kam wieder zum Vorschein, wandte sich an Jakob und Adele: »Es hat wirklich keinen Zweck, daß Sie auf Herrn Drauer warten.«

Sie war unsicher geworden, blickte wieder ihre Kollegen an, denen ihre Tätigkeiten anscheinend gar nicht mehr so wichtig waren.

Jakob lächelte: »Ich sagte schon, wir wollen ihn nicht drängen. Um Gottes willen. Wir warten hier einfach, bis er Zeit hat.«

»Er wird keine Zeit haben«, sagte die Sekretärin, »glauben Sie mir, es ist wirklich sinnlos, daß Sie auf ihn warten.«

»Ein bißchen Warten macht uns nichts aus, nicht wahr, Adele?«

»Auch dies wurde schon erwähnt«, sagte Adele.

Das junge Mädchen setzte sich ein wenig hilflos an ihr Gerät. Sie schien deutlich aus dem Konzept gebracht.

Die anderen Angestellten schienen auch nicht mehr recht bei der Sache zu sein.

So verging eine halbe Stunde.

Die Tür zum Nebenraum ging auf. Der Herr, der wortlos erschienen war und Jakob und Adele wie mit Röntgenaugen gemustert hatte, erschien mit zwei Herren und führte sie auf die Ausgangstür zu.

Er schien mit Verwunderung zu bemerken, daß Jakob und Adele sich noch im Raum befanden, er warf der Sekretärin einen Blick zu. Seufzend stand die Sekretärin auf, folgte dem wortkargen Mann ins Nebenzimmer.

Adele flüsterte: »Gleich werden wir weggetragen.«

Das junge Mädchen erschien wieder mit hochrotem Kopf, sagte flehend: »Wollen Sie denn nicht nach Hause gehen? Sie stören den Betrieb.«

»Aber wir verhalten uns doch ganz ruhig.«

»Herr Drauer wird Sie bestimmt nicht empfangen.«

Jakob lächelte sie beruhigend an: »Er muß ja auch mal Schluß machen. Dann muß er ja hier vorbei.«

Das junge Mädchen gab es auf, setzte sich wieder vor ihr Gerät, begann erneut daran zu arbeiten, aber die flimmernden Zahlen und Buchstaben schienen ihr nicht mehr zu gehorchen. Sie tanzten auf dem Bildschirm herum, als fänden sie ihren richtigen Platz nicht.

Es wurde sechs Uhr.

Die Angestellten erhoben sich von ihren Plätzen, räumten ihre Schreibtische auf, die Bildschirme verdunkelten sich, wurden mit Schlafhauben überzogen.

Der junge Assistent kam heraus aus dem Nebenzimmer, sagte: »Guten Abend allerseits.«

Dann erschien der wortlose Herr, warf einen finsteren Blick auf Jakob und Adele, hatte deutlich Mühe, sich seine Rede zu verkneifen, die ihm schon wie glühend auf der Zunge lag. Er ging hinaus.

Die Angestellten verließen den Raum. Das junge Mädchen zögerte, wandte sich dann rasch an Jakob und Adele: »Sein Zimmer hat einen eigenen Ausgang«, flüsterte sie, »er geht gerade.«

Jakob und Adele gingen sofort auf den Flur hinaus.

Sie sahen einen älteren Herrn aus einer Tür kommen, er lief hastig den Gang entlang, wie auf der Flucht.

Adele staunte: »Er läuft, Jakob.«

»Das können wir auch«, sagte Jakob und sie setzten sich eilig in Bewegung.

Herr Drauer hatte inzwischen den Fahrstuhl erreicht,

stand schon im Fahrstuhl, die Tür schloß sich schon, man sah die Erleichterung in den Augen des Mannes.
Aber Jakob drückte den Knopf des Fahrstuhls, so daß die Tür, die fast schon geschlossen war, sich noch einmal öffnete. Jakob und Adele traten hinein in den Fahrstuhl zu Herrn Drauer.
Die Tür schloß sich wieder. Sie waren mit Herrn Drauer allein im Fahstuhl.
Drauer hatte seine Aktenmappe wie schützend hochgehoben, hielt sie vor seine Brust. Er hatte sich eng in eine Ecke gedrückt, sah mit abwehrendem Blick auf Jakob und Adele.
»Guten Abend«, sagte Jakob.
»Guten Abend«, ächzte Herr Drauer. Man sah ihm an, er wollte unter keinen Umständen reden, seine angstvolle Abwehrhaltung war gar nicht zu übersehen. Er atmete kurz, in schnellen Stößen.
Und Jakob und Adele waren sich plötzlich einig. Sie redeten nicht. Sie sahen den Mann nur an, der bei der Runterfahrt wahre Qualen auszustehen schien.
Sie fixierten den Mann nur, der den Blicken auswich, wodurch er sich hoffnungslos verspannte. Ein Mann, der erst später begreifen würde, welche Demütigung er sich selbst mit seinem Verhalten zufügte.
Schweigend bewegte sich der Fahrstuhl nach unten.
Und Drauer blieb in den Blicken der beiden alten Leute.
Als der Fahrstuhl schließlich hielt und sich öffnete, ächzte der Mann nur, stieg hastig aus, wobei er beinahe über seine Beine gestolpert wäre und eilte davon, halb gehend, halb laufend.

Jakob und Adele standen in der Halle, sahen dem Manne nach, den sein Chauffeur schon erwartet hatte. Ein Wagenschlag wurde aufgemacht, und Herr Drauer fuhr davon.

»Jakob«, flüsterte Adele, »was haben wir da erlebt?«

»Hm«, murmelte Jakob, »der Mann ist nicht so schlecht wie ich dachte. Er hat unsere Verachtung gespürt, und sie hat ihn ganz aus der Fassung gebracht.«

»Ach«, sagte Adele, »wenn doch der Hahn krähen würde.«

Viermal die Acht

Der gemeinsame Gesang war verklungen, der Pfarrer hatte die Gemeinde verabschiedet. Die Kirchentüren waren geöffnet, und die Kirchgänger schickten sich an, die Kirche zu verlassen. Als Jakob und Adele am Kirchendiener vorbeigingen, der die Gesangbücher einsammelte, hielt der Kirchendiener sie an.

»Herr Biedermann«, sagte er, »der Herr Pfarrer möchte mit Ihnen sprechen.«

»Der Herr Pfarrer, mich?« wunderte sich Jakob.

»Ja, er bat mich, Ihnen das auszurichten.«

»Na, schön«, sagte Jakob, ging mit Adele auf den Vorplatz hinaus und wartete dort.

»Was will denn der Pfarrer von Ihnen«, sagte Adele, »Sie haben hoffentlich nicht zu wenig in die Kollekte getan.«

»Liebe Adele, ich gebe meinen Verhältnissen entsprechend und dies in Selbsteinschätzung. Da ich mir einen guten Charakter leiste, was durchaus nicht selbstverständlich ist und auch immer mehr aus der Mode kommt, kann sich mein Beitrag durchaus sehen lassen.«

»Hm«, meinte Adele, »dann wird vielleicht Ihr guter Charakter zur Sprache kommen.«

»So gut ist er nun auch wieder nicht«, sagte Jakob.
»Was ein Thema für eine Predigt wäre«, fuhr Adele fort, »eine Aussprache darüber, wie gut ein Charakter sein muß, ohne daß es zu sehr beim Leben stört.«
»Beim Leben stört?« fragte Jakob.
»Beim uneingeschränkten Lebensgenuß.«
Jakob genoß diese Art von Gesprächen. Die Sonne war kräftig, die innere und äußere Ruhe beträchtlich.
»Wie jung Sie sind, Adele, daß Sie Lebensgenuß in Verbindung mit Charakter bringen. Aber ich frage mich in der Tat, was der Pfarrer von mir will.«
Er lächelte. »Ich habe natürlich nichts gegen eine persönliche Begegnung mit einem Pfarrer«, trocken setzte er fort, »solange man noch zuhören kann, was er sagt.«
»Jakob«, sagte Adele erschrocken.
»Ich bitte um Entschuldigung, Adele, ich weiß und hätte daran denken müssen, daß Ihnen diese Art von Späßen nicht gefällt. Aber es ist nun mal so: Irgendwann einmal wird er zu mir sprechen, auf eine sehr einseitige Weise, denn ich werde ihm nicht antworten können.«
»Man mag daran denken, Jakob, aber es ist falsch, darüber zu reden, zumal an einem Tag wie heute.«
»Ein besonderer Tag, Adele?«
Sie dachte nach. »Komisch«, sagte sie, »ich fange an, jeden Tag einen besonderen zu nennen.«
»Das ist Ihre Art, auf das große Ereignis, vor dem wir allemal stehen, Bezug zu nehmen. Es ist allerdings die nettere Weise, Adele.«
»Was kann der Pfarrer von Ihnen wollen, Jakob?«

»Ich weiß es nicht«, sagte Jakob, mochte von seiner Vorstellung noch nicht lassen, lächelte: »Vielleicht hat er mich von der Kanzel aus gesehen und hatte das Gefühl: höchste Zeit, sich einen Text zu überlegen.«

»Ich kann Sie beruhigen«, sagte Adele ärgerlich, »Sie machen durchaus keinen hinfälligen Eindruck.«

»Welchen Eindruck mache ich?«

Sie überlegte, musterte Jakob. Sie kannte ihn nun schon ein Jahr, war fast jeden Tag mit ihm zusammengewesen. Sie überlegte, ob sie in der Zeit eine Veränderung hatte feststellen können. Er war, das Gefühl hatte sie plötzlich, ein wenig kleiner geworden, eine Spur zarter. Die Schädelknochen zeigten sich eine Spur deutlicher, die Haut war ein wenig blasser geworden, durchscheinender.

Aber etwas hatte auch zugenommen.

»Wiegen Sie mich pfundweise ab?« fragte Jakob.

»Sie fragten mich nach meinem Eindruck. Da ich Ihnen eine ehrliche Antwort geben will, brauche ich eine Weile.«

Welchen Eindruck mache ich also?«

»Einen Eindruck von Stärke.«

»Wie?« staunte Jakob, »von Stärke?«

»Von innerer Stärke.«

»Was ist denn das für eine Stärke?« fragte Jakob.

»Eine andere gibt es für mich nicht«, entgegnete Adele fest.

»Hm«, sagte Jakob, lächelte, »jetzt möchte ich Sie wieder küssen. Und das vor einer Kirche.«

»Gehört sich das nicht?« Sie fuhr fort: »Denken Sie daran, Jakob, daß in einer Kirche andauernd von Liebe die Rede ist.« Jetzt war sie ein wenig erschrocken: »Pardon, Jakob.«

»Ich begreife Sie schon richtig, Adele. Wir nehmen das Wort Liebe heraus aus seiner ideellen Bedeutung, nicht ganz, ein bißchen, mischen das mit der üblichen Form von Liebe, die ein wenig auch des Fleisches Lust enthält und so, alles halb und halb und gutgemischt haben wir die Liebe in einer Form, die zugleich auch eine dauerhafte ist. Da Sie mir innere Stärke zugebilligt haben, tue ich, was Gott nur wohlgefällig sein kann.«

»Wie verstehe ich das?« fragte Adele, »wozu brauchen Sie also Ihre innere Stärke?«

»Um das Gleichgewicht aufrechtzuerhalten, das Halb und Halb von Idee und Fleischeslust, daß keine Hälfte zu ungunsten der anderen in Verzug gerät.«

»Lieber Jakob«, atmetete Adele auf, »über diese Art von Halb und Halb müssen wir noch mal reden, aber ich sehe, jetzt ist erst mal der Pfarrer an der Reihe.«

Der junge Pfarrer war aus der Kirche herausgekommen. Er hatte seinen Talar abgelegt, trug ein Sportsakko und – ein deutliches Lächeln auf seinem Gesicht. Er befand sich jetzt in der Hälfte, die dem Leben gehört.

»Ich habe Sie warten lassen«, sagte er, »ich hatte noch ein Gespräch mit dem Sohn unseres Kirchendieners.«

Im gleichen Augenblick ging ein junger Mann am Pfarrer vorbei, gesenkten Hauptes.

»Moment noch«, sagte der Pfarrer, ging dem jungen

Mann nach, hielt ihn an und sprach ein paar Worte mit ihm, die der junge Mann mit immer noch gesenktem Kopf anhörte, ehe er dann zögernd weiterging.
Der Pfarrer sah ihm nach, hatte sein Lächeln verloren, wandte sich nun erneut Jakob und Adele zu.
Er sagte: »Sie kennen den jungen Mann? Es ist der Sohn unseres Kirchendieners.«
»Den kennen wir seit Jahren«, erwiderte Jakob, »er sieht ein bißchen deprimiert aus.«
»Ja«, murmelte der Pfarrer, »der junge Mann ist leider in großen Schwierigkeiten, die er sich selber zuzuschreiben hat.«
Er wechselte den Ton.
»Aber darüber wollte ich nicht mit Ihnen sprechen. Sondern über eine ganz andere Sache. Sie haben doch bald Ihren achtzigsten Geburtstag. Das ist nun wirklich ein stolzes Alter.«
»Ja«, sagte Jakob, »man hat recht, wenn man es ein biblisches nennt.«
»Biblisch?« Er nickte dann, »ja, so kann man es nennen. Meine Ansicht ist, die Gemeinde sollte sich zu diesem Tag etwas einfallen lassen.«
»Was wäre das?« fragte Jakob.
»Nun, eine kleine Feier im Gemeindehaus. Der Chor, unser wunderschöner Chor, könnte mit seinen frischen Stimmen einen Beitrag leisten.«
Jakob murmelte: »Für den, der nicht mehr so ganz frisch ist.«
»Aber, aber«, lächelte der Pfarrer herzlich, »so wie Sie

aussehen. Wissen Sie, daß ich Sie beim Singen immer heraushöre?«

»Das hat mir schon jemand gesagt.«

»Sehen Sie, es fällt allgemein auf, von welcher Vitalität Sie noch sind.«

»Wenigstens in den Stimmbändern«, sagte Jakob, setzte fort: »Aber in einem Punkt irren Sie sich, »ich werde nicht achtzig, ich bin schon einundachtzig und mein Geburtstag liegt schon zurück. Ich bin dabei, auf den zweiundachtzigsten zu warten.« Er lächelte schwach: »Und hoffentlich nicht vergebens.«

»Aha, ah so«, sagte der Pfarrer, »da hat mir das Sekretariat eine falsche Auskunft gegeben.« Er räusperte sich, war ein wenig verlegen und unsicher: »Naja, also dann warten wir auf den zweiundachtzigsten, den Sie hoffentlich in voller...«

Jetzt fand er kein Wort.

»In voller Frische«, half ihm Jakob aus.

»In voller Frische begehen werden«, sagte der Pfarrer mit einem ebenso gütigen wie dankbaren Blick.

Der Pfarrer nickte beiden zu, verschwand in der Straße mit behenden Schritten, während der Kirchendiener die Kirchentür abschloß.

Jakob sah dem Manne zu, wartete noch ein wenig, bis sich der alte Mann umdrehte.

»Sagen Sie, Herr Wagner«, wandte sich Jakob an den Kirchendiener, »ich höre gerade, Ihr Sohn ist in Schwierigkeiten?«

Der alte Mann sah Jakob und Adele betroffen an.

»Hat er darüber gesprochen?«

»Nein, nicht über die Schwierigkeiten selbst. Aber ich sah Ihren Sohn davongehen mit einem – wie pflegt man in einem solchen Falle zu sagen – mit hängendem Kopf.«

»Das ist wohl das geringste, was er tun kann, seinen Kopf hängen lassen«, stieß der Kirchendiener hervor, »aber es ist zugleich auch bedeutend zu wenig.«

Er atmete tief auf. »Ein Dummkopf, Herr Biedermann«, sagte er, sah aufgeregt von einem zum anderen, beteuerte: »Ein Dummkopf. Hat sich ausnehmen lassen wie eine Weihnachtsgans.«

»Ausnehmen lassen?« forschte Jakob.

»Beim Kartenspiel«, rief der Kirchendiener aus, »beim Kartenspiel mit fremden Leuten, Betrügern wahrscheinlich, was leider nicht nachzuweisen ist.«

Er zögerte: »Wir kennen uns sehr lange, Herr Biedermann. Ich sage es Ihnen im Vertrauen.« Er zeigte nun sein volles Unglück: »Er hat Geld verloren, das ihm nicht gehört.«

Er sah von einem zum anderen, aufgeregt, blaß, hatte mit stockendem Atem gesprochen: »Stellen Sie sich das vor. Geld, das ihm nicht gehört.« Er holte Atem: »Da kann ihm jetzt auch der Pfarrer nicht mehr helfen.«

Er stand bedrückt mit hängenden Schuldern, so als habe ihn das Unglück seines Lebens heimgesucht.

»Beim Kartenspielen?« fragte Jakob noch einmal.

»Ich sagte ja, er ist ein Dummkopf.«

»Nun –« meinte Jakob, »man muß ja kein Dummkopf

sein, wenn man Karten spielt.« Er lächelte ein wenig: »Aber so ist es nun mal: Wenn man verliert, ist man immer der Dummkopf. Ob man nun Karten spielt oder in sonstigen Lebensprüfungen versagt.«
Neugierig fragte er: »Was haben sie denn gespielt?«
»Ich weiß es nicht«, erwiderte der Kirchendiener, »ich weiß nicht, bei welchem Spiel man dreitausend Mark verspielen kann.«
Er war nun ganz aus dem Gleichgewicht gebracht. Er flüsterte: »Dreitausend Mark.«
»Hm«, sagte Jakob fast anerkennend, »dreitausend Mark sind eine Menge Geld. Das muß ein rasantes Spiel gewesen sein.« Er lachte: »Du liebe Zeit. Da hat der Junge ja allerhand erlebt.«
Sie sprachen noch eine Weile, dann verabschiedete sich der Kirchendiener und ging davon, in einer Haltung, in der der ganze Jammer der Menschheit lag.
Jakob und Adele fuhren nach Hause, wobei Jakob es heute übernommen hatte, für das Mittagessen zu sorgen. Er hatte sich gefüllte Rouladen vorgenommen, war gerade bei der schwierigen Arbeit des Füllens, als Adele in die Küche kam.
»Sie können mir nicht helfen, Adele.«
»Ich will Ihnen auch nicht helfen, Jakob.«
»Dann stören Sie.«
»Mir fiel etwas ein, und ich möchte Ihnen das gleich sagen.«
»Was möchten Sie mir sagen?«
»Daß mich etwas an Ihnen irritiert hat.«

»Nanu ...« fragte Jakob, »an mir? Wann und wo?«
»Heute mittag und vor der Kirche.«
»Habe ich Sie irritiert?«
»Ja, allerdings nicht sehr viel. Sehr irritieren können Sie mich nicht mehr.«
»Nein?«
»Aus einem einfachen Grunde, Jakob, weil ich bei Ihnen auf alles gefaßt bin.«
»Na, wie sich das anhört«, sagte Jakob und schnürte die Rouladen ein. »Was also hat Sie irritiert, wenn auch nur in geringem Maße?«
»Ihr Interesse an dem Schicksal des jungen Spielers. Mir schien, als –« sie suchte nach Worten, »als lebten Sie plötzlich auf. Sie wurden in einer ganz besonderen Weise lebendig, Ihre Augen leuchteten.«
»Jetzt übertreiben Sie aber.«
»Ich wiederhole: Ihre Augen bekamen eine Art von Glanz. Ich dachte lange darüber nach, und eben fiel mir etwas ein, daß es wohl nichts Besonderes war und sofort erklärt werden kann.« Sie machte eine Pause. »Denn Sie, Jakob, sind ja auch ein Spieler. Und zwar von Natur aus ein Spieler.«
Jakob schloß den Deckel über dem Topf, regulierte die Ofenhitze.
»Ich bin von Natur aus ein Spieler?«
Er atmete auf: »Jetzt läuft in der Küche alles, Adele. Jetzt müssen wir nur noch warten. Aber wir könnten die Zeit ausfüllen, indem wir einen Aperitif zu uns nehmen. Wie wäre es mit einem kleinen Sherry?«

»Lieber Jakob«, sagte Adele, »den habe ich schon eingegossen.« Sie gingen ins Wohnzimmer.
Jakob band die Küchenschürze ab.
»Gut«, sagte Jakob, »ich bin eine Spielernatur, aber Sie, meine Liebe, sind auch eine.«
»Ich?« zeigte Adele ihre Verwunderung.
»Und wie Sie es sind«, lächelte Jakob. »Sie lieben das Risiko. Sie sind beherrscht von Neugier, was aus einer Sache wird, die unvorhersehbar ist. Sie haben eine besondere Beziehung zu Möglichkeiten und damit natürlich die Neigung, festen Boden zu verlassen.«
»Was gefährlich ist?«
»Es ist ebenso gefährlich wie aufregend. Aber man verschafft sich auf diese Weise Erlebnisse.« Er setzte trocken hinzu: »Und nur wer etwas erlebt, lebt. Prost, meine Liebe.«
Adele trank den Sherry, setzte das Glas ab.
»Darin sind wir uns wohl ähnlich.«
»Wie Zwillinge«, erklärte Jakob vergnügt.
»Gut«, sagte Adele, »möglicherweise warten Erlebnisse auf uns, denen wir dann auch nicht aus dem Wege gehen wollen. Wir essen und dann suchen wir den jungen Mann auf und werden uns nach den Einzelheiten seines traurigen Schicksals erkundigen.«
Nachmittags suchten sie also den Kirchendiener auf.
»Sie, Herr Biedermann?« wunderte sich der Mann.
»Ja, das Schicksal Ihres Sohnes ist uns nicht aus dem Kopf gegangen. Ist er zu Hause?«
»Kommen Sie«, sagte der Kirchendiener, ging ihnen

voraus in jener gemessenen Weise, die sein Kirchendienst ihn hatte annehmen lassen.
Der junge Mann sah erschrocken auf, so als habe ihn der plötzliche Besuch erschreckt.
»Wie heißt du?«
»Walter heißt er«, sagte der Vater, und zu dem Jungen gewandt: »Ich habe Herrn Biedermann erzählt, was dir, was uns widerfahren ist. Er nimmt Anteil und ist so wie ich, wie wir alle sehr bedrückt, bekümmert.«
Der Kirchendiener hatte seiner Stimme einen besonderen Ton gegeben, er suchte seine Gekränktheit, sein ganzes Unglück auszudrücken und legte Wert darauf, daß eben dies begriffen wurde. »In welchem Lokal hast du gespielt?« fragte Jakob.
»Ein Lokal in Kreuzberg.«
Der junge Mann war selber ganz aus der Fassung gebracht, ohne dies anders zeigen zu können als mit fahriger Gestik und einer Stimme, die ab und zu ins Unhörbare abglitt, was ihn jedesmal zu erschrecken schien, so daß er mit besonderer Kraft die Stimme wieder verstärkte.
»Ich weiß, ich weiß. Keine gute Gegend, in dem das Lokal liegt. Kein besonderes Lokal, ich bin nur reingegangen, weil ich Durst hatte. Ich wollte nur etwas trinken.«
»Was hast du getrunken?« fuhr ihn der Vater an.
»Ein Bier.«
»Das Bier hat dich dreitausend Mark gekostet«, rief der Vater.

»Nun lassen Sie ihn mal erzählen«, bat Jakob, »unterbrechen Sie ihn nicht. Also was passierte?«
»Ich stand an der Theke, trank in aller Ruhe mein Bier.«
»Das Lokal war gut besucht?«
»Nein, nicht sehr. Nur ein paar Leute waren da, die sich alle kannten, so schien es mir jedenfalls.«
»Die sich alle kannten –« mischte sich der Vater ein, »keine Zeugen heißt das. Unter die Räuber ist er gefallen.«
»Lassen Sie ihn reden«, sagte Jakob.
Der junge Mann berichtete weiter: »Einer kam auf mich zu, ob ich Lust hätte auf ein Kartenspiel.«
»Jetzt hätte er entschieden nein sagen müssen«, rief der Kirchendiener. »Aber er sagte ja. Warum hast du ja gesagt?« fuhr er seinen Sohn an.
»Hm«, sagte Jakob, »ich nehme an, er hat ja gesagt, weil er Lust hatte, Karten zu spielen.«
»Ja«, murmelte der junge Mann, »ich spiele gern Karten, alles Mögliche, auch Karten, und Karten spiele ich besonders gerne, ich versteh mich drauf, ich habe gute Hände dafür. Das sagen alle Leute, die mir beim Mischen zusehen. Ich hab ja gesagt, weil ich mir nichts dabei dachte. Ich dachte, die spielen ehrlich.«
»Was habt ihr gespielt?« fragte Jakob.
Schuldbewußt sagte der junge Mann: »Wir haben gepokert.«
Der Kirchendiener hob den Kopf, rief: »Ich kenne das Spiel nur dem Namen nach, aber der Name allein steht für den leibhaftigen Teufel.«

»Nanana«, sagte Jakob.
»Für mich ist es das, ein Spiel, das der Teufel erfunden hat.«
»Hören Sie«, wandte Jakob ein, »Poker ist ein ganz interessantes Spiel. Ein Spiel mit vielen Möglichkeiten –« er räusperte sich, sah Adele an, »zu denen man natürlich eine besondere Beziehung haben muß. Und die hatte er wohl nicht.«
Adele fragte: »Wie konnten Sie dreitausend Mark verspielen?« Sie staunte: »Haben Sie immer soviel Geld bei sich? Es war doch wohl nicht Ihr Taschengeld.«
Jetzt schien ein wunder Punkt erreicht. Der Junge wurde blaß, senkte den Blick, der Vater verlor kurzfristig seinen Atem, hatte Mühe, ihn wiederzufinden. Er flüsterte: »Es muß gesagt werden, und du, mein Junge mußt es aushalten.«
Er sah Jakob und Adele an: »Er hatte das Geld der Kirchenkasse bei sich, um es einzuzahlen.«
Dem Vater schien das Herz zu brechen. Jakob aber hob den Kopf, eher verwundert: »Das Geld der Kirchenkasse?«
Adele warf ihm einen Blick zu, als fürchte sie eine unpassende Reaktion. Aber Jakob sagte nur staunend: »Das will etwas heißen.« Er sah lächelnd den Kirchendiener an: »Wenn man – in Ihrem Sinne – annimmt, daß der Teufel das Geld geholt hat.«
»Betrüger waren es«, rief der Vater.
»Jaja«, meinte Jakob verträglich, »es muß nicht der Teufel gewesen sein, denn Betrügen ist menschlich.«

Er machte eine Pause: »Wie kommst du darauf, daß deine Mitspieler betrogen haben?«
»Weil man nicht immer gewinnen kann. Es geht doch hin und her, mal gewinnt der, mal der, aber sie haben immer gewonnen, sie hatten immer die besseren Karten. Das konnte nicht mit rechten Dingen zugehen.«
»Wie haben sie gemischt?«
»Sehr gut, sehr schnell, blitzschnell.«
Jakob überlegte, fragte dann nach einer Weile: »Wie heißt das Lokal, und wo kann man es finden?«
»Wozu wollen Sie das wissen?« fragte der Kirchendiener, »Sie wollen doch nicht etwa da hingehen und sich beschweren?«
»Warum sollte man das nicht tun?« fragte Jakob.
»Wenn ich mir davon etwas versprechen würde –« rief der Kirchendiener, »dann hätte ich dies längst getan. Aber die Leute würden mich auslachen, wenn sie nicht noch schlimmer reagieren würden. Eine obskure Gegend, Sie haben doch gehört, und ein obskures Lokal.«
»Hm«, murmelte Jakob gemächlich, fast sanft: »Obskure Lokale ...« er unterbrach sich, sah Adele an, »entschuldigen Sie, Adele, obskure Lokale sind mir in meinem Leben nicht fremd geblieben. Auch bin ich obskuren Menschen zuweilen begegnet, öfter als mir lieb war und meistens, weil ich es nicht vermeiden konnte. Das Leben ist voll von obskuren Menschen und es dauert meistens eine Weile, bis man weiß, mit wem man es zu tun hat.«

»Dennoch«, rief der Kirchendiener aufgeregt, »Sie wollen doch nicht da hingehen. Sie werden nichts erreichen und bringen sich selbst unnötigerweise in Gefahr.«

»Auch das wäre nichts Neues«, sagte Jakob in jenem Ton, in dem sich eine fast eigensinnige Beharrlichkeit ausdrückte, jene Beharrlichkeit, die einem Entschluß vorausgeht. Er fragte ganz sachlich: »Was für eine Art Poker spielen diese Leute? Es gibt doch hier im Hause sicher ein Kartenspiel. Oder nicht?«

»Gibt es eins?« fragte der Kirchendiener seinen Sohn.

»Ja, Vater«, murmelte der Sohn.

»Wir haben ein Kartenspiel im Haus?« stieß der Vater hervor.

»Das ist doch nichts Besonderes«, sagte der junge Mann kleinlaut.

»Hol es«, sagte Jakob, »und dann zeigst du mir, wie sie gespielt haben.«

»Wozu, wozu?« rief der Kirchendiener lebhaft, »Herr Biedermann –« holte er jetzt Luft, »wollen Sie vielleicht mit diesen Leuten pokern?«

»Warum nicht?«

»Sie kennen das Spiel?«

»Ich kenne es«, sagte Jakob, »und beherrschte es mal sehr gut. Das war in der Zeit, als gewisse Ordnungen in diesem Lande noch nicht wiederhergestellt waren.« Er räusperte sich: »Eine Zeitlang hat mich dieses Spiel ausreichend ernährt, da ich es mit Amerikanern gespielt habe und um Dollars.«

»Herr Biedermann«, rief der Kirchendiener und hielt es

für richtig, ein gewisses Entsetzen nicht ganz zu unterdrücken.

»Ich werde sehen«, sagte Jakob, »ob ich mich auf dieses Spiel noch verstehe. Ich würde nicht mehr um Dollars spielen oder um Nescafé, sondern um das Geld der Kirchenkasse.«

Staunend fügte er hinzu: »So ändern sich die Zeiten.«

Einige Tage später unterhielt sich der Kirchendiener mit dem jungen Pfarrer. Es hatte den Kirchendiener nicht in seiner Wohnung gehalten. Er suchte Trost in jener Örtlichkeit, die ihm in dreißig Jahren vertraut geworden war, in der Kirche, vor dem Altar, gleichsam in der Obhut Gottes. Er hatte dem Pfarrer alles berichtet.

Der junge Pfarrer war ein wenig entgeistert.

Ungläubig fragte er: »Unser Herr Biedermann? Dieser nette alte Herr, der nun schon in das zweiundachtzigste Jahr geht?«

»Ja«, nickte der Kirchendiener. »Er sagte mir, ich bringe Ihnen das Geld zurück.«

»Wann war das?«

»Vor drei Tagen.«

»Er sagte, er wollte spielen? Mit diesen Leuten?«

»Mit diesen Leuten, Herr Pfarrer.« Atemlos fügte er hinzu: »Und heute ist es soweit. Heute geht er ans Werk.«

»Geht er ans Werk?« fragte der Pfarrer.

»Ich gebrauche seine Worte.«

»Heute?«

»Heute abend!«

»Nun«, sagte der Pfarrer, stand eine Weile ganz still, um die richtigen Worte zu finden.

Er sagte schließlich: »Dann wollen wir ihn der Gnade des Herrn empfehlen.«

Jakob und Adele fuhren mit dem Taxi nach Kreuzberg, hielten nahe der Mauer in einer Straße, die wie in einem toten Winkel lag, so als sei hier tatsächlich die Welt zu Ende, in gewisser Weise war sie es ja auch. In dieser – weiß Gott – finsteren Gegend setzte der Taxifahrer die beiden alten Leute ab, die sich ziemlich wortkarg in seinem Wagen verhalten hatten.

Er sah sie besorgt an: »Sie werden hier doch sicher keine Verwandten haben. Ist das der Ort, wo Sie hinwollten?«

»Hier wollten wir hin«, sagte Jakob und half Adele beim Aussteigen.

Kopfschüttelnd machte sich der Taxifahrer davon.

Jakob trug übrigens einen dunklen Anzug, auch Adele war dunkel gekleidet, sie wirkten wie ein Paar, das von einer Beerdigung kam.

Da lag das Lokal, in einem Haus, das dem Verfall entgegenzugehen schien, niemand, der diesem Verfall Einhalt gebot. Ein Ecklokal, mit abgewetzten Stufen.

»Jakob«, murmelte Adele. »Kein Ort für eine Dame.«

»Nein«, sagte Jakob zögernd.

»Ich werde für ein paar Stunden vergessen, daß ich eine bin.«

»Was Damen ja zuweilen ganz gerne tun«, sagte Jakob

lakonisch, schien dennoch nicht ganz unbesorgt. »Wie ist Ihnen zumute, Adele?«

»Ich gebe zu, daß ich ein wenig beklommen bin.«

»Sollen wir es vielleicht lassen, Adele?«

»Ich erinnere mich an das, was Sie sagten, Jakob, nur wenn man etwas erlebt, lebt man. Ich habe das Gefühl, daß ich vor einem Erlebnis stehe.«

»Dann gehen wir mal hinein.«

Sie gingen also hinein. Das Lokal war nicht so unbelebt, wie es von außen schien. Ein paar Personen saßen an Tischen, einige standen an der Theke.

Das Lokal hatte einen abgetretenen Holzfußboden, der nach Bier roch. Die Wände waren beklebt mit Plakaten, auf denen junge Mädchen Biergläser in den Händen hielten und die Gläser offenbar anbeteten. Ein alter Musikapparat stand in einer Ecke und schwieg vor sich hin.

Das Erscheinen Jakobs und Adeles erregte gewisses Aufsehen. Die Gespräche wurden unterbrochen, man drehte sich um, starrte die beiden hereinkommenden Leute neugierig an.

Jakob und Adele paßten nun auch wirklich nicht hierher. Der Sohn des Kirchendieners hatte wohl recht gehabt, hier kannte jeder jeden. Es war eine Welt für sich.

Ein Wirt putzte ein Glas mehr mechanisch, hielt den Blick auf die beiden alten Leute gerichtet.

Jakob kam heran, sagte: »Herr Wirt, zwei Schnäpschen für zwei durstige Seelen.«

Adele flüsterte: »Jakob, wir passen hier nicht her. Aber Ihnen sind solche Lokale wohl nicht unbekannt.«
»Die Wechselfälle des Lebens, Adele. Es hat mich manchmal dahin verschlagen. Und so schlecht sind solche Lokale nicht.«
»Sie sind es nicht?« wunderte sich Adele.
»Es lügt nicht, es verstellt sich nicht. Man gibt sich hier, wie man ist, so gesehen ist es ein ehrliches Lokal.«
»Hm«, meinte Adele, »man kann die Ehrlichkeit auch übertreiben.«
Jakob hatte sich inzwischen orientiert, sich verhalten umgesehen.
»Sehen Sie mal auf den Tisch in der Ecke.«
»Ich habe schon gesehen, ein Tisch, an dem Karten gespielt wird.«
Da saßen drei, vier Leute am Tisch, zwei weitere standen und schienen zuzusehen.
Offenbar hatte man das Kartenspiel unterbrochen. Man sah herüber zur Theke.
»Sie sehen herüber, Jakob, sie sind es.«
»Na«, meinte er, »dann haben wir ja, was wir wollten.«
Adele hielt noch den Blick auf den Tisch gerichtet, murmelte: »Jakob, es sind keine Lichtgestalten.«
Der Wirt stellte nun zwei Schnäpse vor die beiden hin.
»Danke, Herr Wirt«, sagte Jakob höflich.
Beide tranken, stellten die Gläser zurück auf die Theke.
»Hm«, sagte Adele, »wie ist der Schnaps, Jakob?«
»So obskur wie das Lokal.«
»Ein bißchen scharf, wie? Hätte ich mich schütteln sollen?«

Jakob lächelte schwach: »Da Sie beschlossen haben, im Moment keine Dame zu sein, erübrigt sich das Schütteln.«

»Dennoch hat mir der Schnaps gut getan«, sagte Adele, »wie gehen wir vor?«

»In der einfachsten Weise, Adele. Ich geh mal rüber.«

Er nahm sein Glas in die Hand, ging langsamen Schrittes zum Tisch, an dem die Kartenspieler saßen.

»Entschuldigen Sie, darf man mal zusehen?«

Die Spieler hatten ihr Spiel wieder aufgenommen. Offenbar spielten sie Skat. Die Karten wurden zusammengeworfen. Einer der Männer, ein gewisser Karski, mischte sie neu.

Ein weiterer Mann, ein gewisser Brenner, der nach Art und Benehmen wohl eine Art Anführer war, sah Jakob an, der ruhig stand, sein Glas in einer Weise in der Hand hielt, die eben dieser Brenner als geschult empfand.

»Fremd hier?«

»Was versteht man darunter?« fragte Jakob lakonisch zurück.

»Sie sind doch nicht aus dieser Gegend.«

»Nein, aus Charlottenburg.«

»Was machen Sie denn hier?« erkundigte sich Brenner, während Karski die Karten ausgiebig mischte, dabei ebenso wie die anderen Jakob taxierte.

»Wir haben an einer Beerdigung teilgenommen. Ich habe mich gefreut, daß es nicht meine eigene war und dachte: Darauf trinkst du jetzt einen.«

Brenner lachte ein wenig. Er schien durchaus Sinn für

Humor zu haben, besonders für den trockenen, leicht ironischen Ton, den Jakob angeschlagen hatte.
»Sie sind Kartenspieler?« fragte Brenner.
Jakob erwiderte lakonisch: »Einige Leidenschaften muß der Mensch haben. Um was spielen Sie denn da?«
»Um einen Viertelpfennig«, warf nun Karski ein, der das Mischen der Karten inzwischen eingestellt hatte.
»Ein bißchen wenig«, murmelte Jakob.
»Wie spielen Sie denn?« fragte Brenner, »wenn Sie spielen?«
»Mindestens um einen Pfennig, wenn nicht um mehr. Wissen Sie, der Reiz eines Spieles liegt doch im Risiko. Das muß doch alles ein bißchen aufregend sein.«
»Da haben Sie ganz recht«, sagte Brenner langsam, schien dennoch ein wenig wachsam zu sein. Er lehnte sich zurück, gab sich ein joviales, kumpelhaftes Benehmen.
Heiter fuhr er fort: »Was spielen Sie denn alles? Spielen Sie nur Skat?«
»Ich spiele alles, was man mit Karten machen kann.«
»Na, das läßt sich hören«, sagte nun Karski. Die Situation am Tisch hatte sich geändert. Alle Spieler saßen nun aufrechter, wirkten lebendiger.
Brenner lächelte breit: »Eine Frage, pokern Sie auch?«
»Auch das«, sagte Jakob, »ich habe es aber lange nicht mehr gemacht. Vor Jahren habe ich leidenschaftlich gern gepokert. Aber dazu braucht man Mitspieler, die mir leider im Laufe der Jahre weggestorben sind.«
»Haben Sie um Geld gespielt?« fragte Karski.

»Was für eine Frage«, wunderte sich Jakob, »pokern kann man nur um Geld.«
Brenner beugte sich vor. »Hätten Sie denn Lust, ein bißchen zu pokern.« Er fügte hinzu: »Wir hier pokern sehr gerne. Und sind alle noch lebendig.«
»Wissen Sie –« sagte Jakob nach einer Weile, »das war ein trauriger Tag heute. Ich hätte Lust, diesen Tag ein wenig gehaltvoller zu machen.« Er bedauerte: »Aber wie Sie sehen, bin ich nicht allein hier, sondern mit einer alten Dame.«
Er schien zu überlegen, sagte unsicher: »Ich könnte sie ja mal fragen.« Er fügte hinzu: »Sie hat keine Ahnung von Karten, ich fürchte, es wird ihr nicht gefallen, wenn ich mich hier festsetze.«
»Sie kann ja zugucken«, sagte Karski.
»Nana«, meinte Jakob, »das wird ihr keinen großen Spaß machen.« Dennoch ging er langsam hinüber zur Theke.
»Adele«, flüsterte er, »ich habe sie an der Angel, es geht los.«
»In Ordnung, Jakob«, gab Adele zu bedenken, »einen Fisch an der Angel zu haben ist eine Sache, ihn herausziehen eine andere.«
Brenner hatte inzwischen mit dem Wirt gesprochen. Der Wirt nahm einen Schlüssel vom Haken, ging an eine Nebentür und schloß sie auf.
»Wie ich sehe, findet die Sache in einem Nebenraum statt. Sie wissen, verbotenes Glücksspiel. Die Leute verstehen ihr Geschäft.«

Jakob nahm Adele mit zu dem Tisch der Kartenspieler. Die Männer selbst waren aufgestanden, hatten die Karten zusammengeräumt und gingen nun ins Nebenzimmer.
Jakob sagte freundlich: »Das sind die Herren, die mich so reizend eingeladen haben.«
Er sah die Männer an, breitete ein wenig die Arme aus: »Meine Bekannte ist leider nicht ganz einverstanden. Sie verstehn, wir kommen von einer Beerdigung und haben die Worte des Pfarrers noch im Ohr. Aber–«, er atmete auf, »Versuchungen sind dazu da, daß man ihnen erliegt.«
Der Nebenraum war ziemlich klein, er war ungelüftet, und es roch intensiv nach abgestandenem Zigarettenrauch.
In der Mitte ein Tisch.
Brenner sagte: »So sind wir hier doch ganz unter uns und können uns auf das Spiel konzentrieren. Es ist Ihnen doch recht?«
»Mir ist alles recht.« Er stand aufrecht, sah von einem zum anderen. »Meine Herren, ich muß ein wenig um Nachsicht bitten. Ich habe lange nicht mehr gespielt. Ich muß da erst wieder reinkommen, aber ich habe keine Bedenken, daß es mir nicht gelingen wird. Wo darf ich Platz nehmen?«
»Suchen Sie sich Ihren Platz nur aus.«
Jakob nahm am Tisch Platz.
»Einen Stuhl für die Dame«, rief Karski.
»Danke«, sagte Adele, »ich stehe lieber.«

Jakob wandte sich an Adele: »Vielleicht gehen Sie ein wenig spazieren, meine Liebe.« Er sah Brenner, Karski entschuldigend an: »Sie kennt das Spiel nicht, hat infolgedessen nicht den geringsten Genuß.«
»Nein, nein, ich bleibe schon hier.«
Jakob fragte: »Soll ich Ihnen das Spiel kurz erklären?«
Er sah Brenner an: »Aber das geht wohl nicht in ein paar Minuten. Sie sind sicher mit mir gleicher Meinung: Pokern kann man nicht erklären. Man muß es erleben.«
»So ist es«, sagte Karski trocken. Er hatte längst Platz genommen. Hatte die Karten auf den Tisch gelegt.
Brenner fragte: »Darf ich mich jetzt nach Ihrer finanziellen Lage erkundigen.« Er lächelte: »Nur um zu wissen, in welchem Rahmen wir uns bewegen.«
Jakob hatte seine Brieftasche herausgeholt, die nicht sehr flach aussah.
»Fangen wir an mit zwanzig Mark? Oder ist Ihnen das zu hoch?«
»Nein, nein«, schien Brenner fast ins Stottern zu geraten. »Wir sind hier alle der Meinung, daß man ein solches Spiel hoch spielen muß, wegen des Risikos.« Er lächelte: »Sie sehen, ich gebrauche Ihre Worte.«
»Darf ich mal die Karten sehen?« fragte Jakob, nahm das Kartenspiel in die Hand, erklärte: »Nur um zu sehen, wie sie in der Hand liegen. Man muß ...« jetzt lächelte er, »die Fingerspitzen sensibilisieren.«
Karski murmelte: »Die Fingerspitzen?«
»Den Verstand selbstverständlich auch«, fuhr Jakob fort, schien zu überlegen, »eigentlich nicht den Ver-

stand, eher die Menschenkenntnis.« Er sah von einem zum anderen: »Ich muß mir von Ihnen ein Bild machen, von Ihnen allen, so wie Sie sich ein Bild machen müssen von mir.«

Er prüfte die Karten. »Sie liegen gut in der Hand, nicht sehr gut, aber einigermaßen.« Er sah gutgelaunt von einem zum anderen: »Es kann also losgehen.« Er wandte sich an Adele: »Sie drücken mir den Daumen?«

Während nun also das Spiel seinen Anfang nahm, befand sich der Kirchendiener in der Nähe des Altars, wo ihn der Pfarrer fand und sagte: »Sie sind noch hier?«

»Vielleicht hilft ihm, daß ich an ihn denke«, antwortete der Kirchendiener.

In Kreuzberg war das Spiel in vollem Gange.

Jakob hatte die Jacke ausgezogen, den Kragen gelokkert.

Er saß ein wenig vorgebeugt, hatte die Karten in der Hand, sah von einem zum anderen.

Adele hatte ihren Platz gegenüber eingenommen, stand an der Wand.

»Eine neue«, sagte Jakob, schob eine Karte zurück auf den Tisch und empfing eine neue, die er sorgsam hochhob und seinen Karten hinzufügte. Er schob die Karten so dicht ineinander, daß man nur Buchstaben und Zahlen sah.

»Ich bin bedient«, sagte Karski.

»Ich bekomme drei neue«, sagte Brenner.

Adele murmelte: »Kann man hier noch was zu trinken bekommen?«

»Haben Sie einen trockenen Hals bekommen?« fragte Jakob gutmütig, »rufen Sie nur den Wirt.«
Adele ging an die Tür, rief den Wirt und bestellte noch etwas zu trinken.
Brenner schob nun einen Schein in die Mitte des Tisches, wo sich schon die Einsätze der anderen befanden.
»Ich gehe mit und erhöhe.«
»Wird gebracht«, sagte Karski, setzte auch seinen Schein.
»Wird gebracht«, sagte auch Jakob und schob einen neuen Geldschein in die Mitte. »Und ich erhöhe«, fuhr Jakob fort.
»Ich bringe und erhöhe«, sagte Karski, legte einen Hundertmarkschein auf den Geldhaufen in der Mitte.
»Hm«, sagte Jakob, »Sie hatten keine neue verlangt, waren bedient«, er sah Brenner an, »Sie verlangten drei neue. Ich scheine umgeben zu sein von hervorragenden Karten.« Er lächelte: »Jetzt brauche ich sie.«
»Was brauchen Sie?« murmelte Brenner.
»Meine Menschenkenntnis.«
»Ich bringe die Hundert und Zweihundert.«
Jakob hatte die perfekte Pokerstimme. Sie war ruhig, klar, verriet nicht das geringste.
Karski sah Jakob an, dann Brenner, er ließ sich Zeit, ehe er sagte: »Die Zweihundert und Vierhundert.«
Brenner stieß einen leichten Pfiff aus.
Adele war übrigens wieder erschienen, mit einem Glas in der Hand. Sie wollte etwas sagen, aber Jakob unterbrach sie:

»Meine Liebe, stören Sie jetzt nicht.«
»Entschuldigung«, sagte Adele, nahm ihren Platz wieder ein.
»Das Spiel spitzt sich zu«, sagte Jakob heiter.
»Ich muß nämlich jetzt eine Entscheidung treffen. Bringe ich die Vierhundert oder bringe ich sie nicht. Da liegt eine Menge Geld im Topf.«
Er gab sich einen Ruck, öffnete die Brieftasche und lächelte: »Das Spiel lebt nun mal vom Risiko. Ich bringe die Vierhundert und lege noch etwas drauf. Wieviel?« Er schien zu zögern: »Wieviel habe ich denn noch?« Er schien zu zögern, entschied sich dann: »Und noch mal tausend.«
Schweigen im Raum.
Jakob sah von einem zum anderen. »Habe ich Sie jetzt überfordert. Das täte mir leid, aber wir haben kein Limit ausgemacht.«
»Seien Sie ganz unbesorgt«, murmelte Karski. Seine Stimme hatte einen hellen, fast schrillen Klang angenommen. Später sagte Jakob: Er wirkte wie ein Torero, der gerade den Degen angesetzt hat, um ihn im Gegner zu versenken. Karski brachte die Tausend, während Brenner ausstieg. Alle sahen sich an.
»Wollen Sie erhöhen?« fragte Karski.
»Ich glaube, es reicht«, sagte Jakob, sah auf die Mitte des Tisches, »eine Menge Geld auf dem Tisch. Wollen wir mal sehen, was wir haben.«
Karski legte seine Karten auf den Tisch, sagte: »Full house mit Assen.«

»Hm«, sagte Jakob, »das ist viel, aber nicht genug.« Er breitete seine Karten aus, legte sie auf den Tisch.
»Ich habe vier Achten.«
Karski starrte ungläubig auf die Karten, die Jakob auf den Tisch gelegt hatte.
Er stotterte: »Das ist unmöglich, das geht doch nicht mit rechten Dingen zu.«
Er starrte Brenner an, der ebenso entgeistert die vier Achten ansah.
»Wie bitte?« fragte Jakob schneidend. »Was sagen Sie da? Sind das vier Achten oder sind sie es nicht?«
»Ja, es sind vier Achten«, rief Karski ärgerlich.
Langsam zog Jakob die Geldscheine an sich, ordnete sie sorgsam und sagte: »Meine Herren, wir haben eine Stunde gespielt. Eine Stunde hatte ich gerade Zeit. Nun müssen wir gehen, die Witwe des Toten hat zu einer kleinen Feier geladen.«
Der Kirchendiener war immer noch in der Kirche, saß in einer der vorderen Bänke ganz stumm, hatte den Blick verloren auf die biblischen Darstellungen gerichtet, mit denen die Wand hinter dem Altar geschmückt war.
Die Tür der Kirche wurde aufgerissen, der Sohn des Kirchendieners rief in das Halbdunkel hinein: »Vater, kommst du mal.« In der Wohnung des Kirchendieners lagen auf dem Tisch dreitausend Mark.
»Die Kirchenkasse«, sagte Jakob.
Atemlos sagte der Kirchendiener: »Sie haben mit den Leuten gespielt und ihnen das Geld wieder abgenommen?«

»Ja«, erwiderte Jakob gemessen, »ich habe das Vergnügen ausgekostet, die Gerechtigkeit wiederhergestellt zu sehen, ein Vergnügen, das heute selten geworden ist, das aber – wenn man es hat – unvergleichlich ist.«

Auch der Pfarrer war nun erschienen, sah die Geldscheine und dann auf Jakob und Adele.

»Wie haben Sie das geschafft?« fragte der Pfarrer, »sind Sie ein so guter Spieler?«

Jakob und Adele sahen sich an.

Jakob murmelte: »Es geht. Ich habe eine ganz gute Kombinationsgabe.« Er fügte hinzu: »Man muß allerdings auch etwas zu kombinieren haben.« Er fuhr etwas unsicher fort: »Auch der schärfste Verstand benötigt ein paar – Informationen, um sie ausreichend verarbeiten zu können.« Er setzte ruhig hinzu: »Ich habe diese Informationen bekommen.«

Er schien zu zögern, lächelte dann schwach, aber durchaus mutig: »Adele hatte während des Spiels ihren Platz eingenommen, hinter den beiden Mitspielern. Das Tageslicht fiel auf ihre Karten. Adele hat noch sehr gute Augen. So warteten wir auf den richtigen Zeitpunkt, um belohnt zu werden für eine tagelange Mühe, die wir auf uns genommen hatten, nämlich ein paar Dinge einzustudieren. Als Adele sagte: Kann ich noch was zu trinken bekommen, da wußte ich: Der Kerl mir gegenüber hat drei Asse. Ich fragte dann: Haben Sie einen trockenen Hals bekommen, rufen Sie doch den Wirt. Da ging Adele an die Tür, und ich wußte, zu den drei

Assen hat er noch zwei Buben. Full house mit Assen. Ich wußte, jetzt würde es losgehen.«

Der Pfarrer schien ein wenig aus dem Gleichgewicht gebracht: »Ja, wie?« fragte er, »Sie hatten da ein paar Verabredungen getroffen?«

»Wir hatten ein ganzes Programm ausgearbeitet und lange geübt, um es im Gedächtnis und stets parat zu haben, was nicht ganz einfach war. So bedeutete eine Zigarette in der linken Hand Zahlen. In der schlaff herunterhängenden Hand eine sieben, halbe Höhe acht, vor die Brust gehalten neun, in den Mund gesteckt zehn.«

»Habe ich das gut gemacht?«

»Perfekt, meine Liebe. Ihre Bewegungen waren von schöner Gelassenheit, sanft und ausdrucksvoll.«

»Danke«, sagte Adele, »aber lassen Sie mich jetzt mal etwas fragen. Die vier Achten ...?«

»Nun ja«, murmelte Jakob, »eine hatte ich zurückbehalten, nicht gerade im Ärmel, aber auch nicht allzuweit weg, so daß ich sie bei Gelegenheit ins Spiel bringen konnte, was sich dann ja auch gelohnt hat.«

Der Pfarrer zeigte eine gewisse Irritiertheit ganz deutlich: »Sie haben die Leute betrogen?«

Das Wort betrogen zog er ganz lang, was seine Ungläubigkeit ebenso ausdrückte wie sein Erschrecken.

»Ich habe es schon gesagt, Herr Pfarrer. Wir haben die Gerechtigkeit wiederhergestellt und dies mit großem Vergnügen. Dabei half mir meine Überzeugung, daß es vielleicht nicht ganz unstatthaft ist, Betrüger zu betrügen.«

Der Pfarrer konnte darauf keine Antwort geben, beschloß, sich dieser Frage aber intensiv zu widmen, was bedeutete, daß er seine Reaktion zunächst einmal verschob.

Jakob und Adele gingen nach Hause.

Jakob war gut gelaunt, sagte: »Hm, ich fühlte mich zurückerinnert an alte Zeiten, die zwar schlecht waren, aber in ihrer Schlechtigkeit auch einen gewissen Charme besaßen. Trinken wir etwas zur Feier des Tages?«

Da Adele nicht widersprach, holte Jakob eine Flasche Sekt, öffnete sie, und sie saßen friedlich vor perlenden Gläsern. Adele fragte: »Was sagen Sie nun, Jakob. Ist es erlaubt, Betrüger zu betrügen?«

»Adele, das ist eine alte Streitfrage – wenn auch nicht unter Juristen, so doch unter Moralisten. Man ist darin noch zu keinem gültigen Ergebnis gekommen. Solange dieses gültige Ergebnis nicht vorliegt, ist eine persönliche Auslegung durchaus erlaubt.«

Und hob sein Glas gegen Adele.

Die Sache mit dem Lebensinteresse

Adele betrat das Café Kempinski. Es war später Vormittag, das Lokal noch nicht sehr voll, so daß Adele Jakob ziemlich schnell entdeckte.

Er saß an einem Tisch, hatte die Zeitung vor sich, las aber nicht, sondern sah vor sich hin und dies in einer Weise, die Adele nicht gefiel.

»Hallo, Jakob«, sagte Adele und trat an seinen Tisch.

Jakob schrak ein wenig auf, so tief war er in Gedanken gewesen.

Er stand auf. »Ich bitte um Entschuldigung«, sagte er, »ich hatte Sie gar nicht bemerkt.«

»Ich habe es gesehen. Sie waren tief in Gedanken. Darf man fragen, worüber Sie so intensiv nachgedacht haben.«

Jakob antwortete nicht gleich. »Setzen Sie sich erst mal.«

»Sie waren ganz weit weg.«

»Ich dachte nach über–« er zögerte, suchte nach Worten.

»Ich es so schlimm?«

»Es ist so schlimm, wie es segensreich ist. Ich dachte nach über das Phänomen der Wiederholung.«

»Werden Sie mir erklären, was Sie darunter verstehen?« Sie sah auf das Glas, das Jakob vor sich stehen hatte. »Was trinken Sie denn da?«
»Ich schwankte zwischen Apfelsaft und Whisky. Der Whisky hat gewonnen.«
»Jakob«, sagte Adele erschrocken, »wir haben halb zwölf. Wie lautet unsere eiserne Regel?«
»Alkohol möglichst nicht vor Sonnenuntergang, ich weiß, Adele, das ist ein Spruch, den die Engländer erfunden haben. Die Befolgung dieses Grundsatzes hat sie zu einem der tüchtigsten und erfolgreichsten Völker der Erde gemacht.«
»Haben Sie es aufgegeben, tüchtig und erfolgreich zu sein?«
»Ja, das habe ich aufgegeben.«
Er machte eine Bewegung, wirkte fast ein wenig hilflos. »Adele«, sagte er, »wir zeigen uns immer nur unsere Stärken. Was wir uns schuldig sind.«
»Sind wir das?« fragte Adele. Sie hatte Platz genommen, bestellte einen Kaffee, sah Jakob an.
Er schien ein wenig verändert, nachdenklicher.
»Was ist mit dem Phänomen der Wiederholung?«
»Liebe Adele«, sagte Jakob langsam, »es ist das Phänomen überhaupt, es bestimmt unser Leben in einer Weise, die wir uns gar nicht vorstellen können.«
Adele staunte: »Wieso das?«
»Überlegen Sie doch mal. Wie tritt man in dieses Leben? Vollkommen unwissend, unerfahren. Alles was einem begegnet, ist neu. Und weil es unbekannt und neu ist,

ist es aufregend. Das bleibt eine ganze Weile so, daß uns immer wieder Neues begegnet, rein äußere Dinge, Landschaften, Reisen zu Schiff, zu Wasser, zu Lande. Man fliegt in die entferntesten Ecken der Erde, andauernd erlebt man Niegesehenes, Niegehörtes.« Er machte eine Pause. »Bis dann die Wiederholungen anfangen. Man beginnt die Dinge zu kennen. Man genießt eine Weile das Wiedererkennen, bis auch das Wiedererkennen, das Wiedererleben ihren Reiz verlieren. Die Wiederholung beginnt eintönig zu werden.«

»Was haben wir denn da?« staunte Adele.

»Wir haben das Problem des Alters«, sagte Jakob ruhig. »Das Neue belebt, das Bekannte tötet.«

»Tötet?« rief Adele erschrocken.

»Sie haben hoffentlich nichts dagegen, wenn ich mal etwas überspitzt ausdrücke.«

»Es war überspitzt ausgedrückt.«

»Aber wohl auch zutreffend. Wenn nichts mehr passiert im Leben, dann ist das Ende nahe.«

»Ihr Ende?«

»Ich spreche ganz allgemein, Adele.«

»Mehr wissenschaftlich.«

»So ist es, und Sie können nicht verlangen, daß ich mich gegen Erkenntnisse ganz fundamentaler Art wehre.«

»Obwohl Sie hoffentlich versucht sind, sich zu wehren.«

»Warum soll ich mich gegen Einsichten wehren?«

»Jakob«, rief Adele, »Sie sind in einer depressiven Phase, warum nur?«
Jakob lächelte schwach. »Ich dachte heute morgen an meine Mutter. Und dies aus einem ganz einfachen Grunde. Sie hat heute ihren Geburtstag.«
»Hatte sie?«
»Ja, er ist sehr lange her, länger als hundert Jahre. Manchmal denke ich an ihn, ich habe lange nicht mehr daran gedacht. Aber heute dachte ich an ihn. Es kam mir in Erinnerung, was sie einmal sagte. Sie war schon weit über siebzig, war ziemlich ruhig geworden. Ich hatte das Gefühl, sie mochte nicht mehr. Ich fragte sie: Was ist los, Mutter? Sie sagte: Junge, ich erlebe nichts mehr. Damals habe ich nicht verstanden, was sie damit sagen wollte, was sie damit ausdrückte, vielleicht ohne zu wissen, daß sie etwas damit ausdrückte. Ihr Leben bestand, so sehe ich das heute, nur noch aus Wiederholungen bekannter Dinge, bekannter Vorgänge. Hinter den Nuancen erkannte sie das immer Gleiche.«
Adele hörte ihm aufmerksam zu.
Er schwieg jetzt.
»Ich wiederhole«, sagte Adele, »Sie sind depressiv. Aber das kann doch vorkommen. Sie selbst haben einmal gesagt: In der Melancholie erholt sich die Seele.«
»Bin ich melancholisch?«
»Ja, Sie wirken melancholisch, verhalten, weich.«
»Gehört sich wohl nicht, was?«
»Das will ich nicht sagen. Mir gefallen Sie so. Der Ausdruck ist neu–« trocken fügte sie hinzu: »Ich

erlebe damit etwas Neues und habe keinen Grund, mich darüber nicht zu freuen.«

»Sie machen sich lustig über eine Erkenntnis, die ich gefunden habe.«

»Wie lautet diese Erkenntnis? Sagen Sie es noch mal.«

»Wiederholungen im Leben vermindern das Lebensinteresse.«

»Das ist Ihre Erkenntnis auf die kürzeste Formel gebracht?«

»Genau so ist es.«

Adele lächelte, hob die Schultern. »Was machen wir denn nun, Jakob?«

»Da es langsam zwölf geworden ist, sollten wir sehen, wo wir etwas essen können.«

»Gut dann«, rief Adele, »tun wir es, da es dem Lebensinteresse nicht widerspricht. Oder tut es das?«

Jakob stand langsam auf, winkte dem Ober.

»Adele«, sagte er, »der Körper ist dickfelliger als die Seele. Ihm sind Wiederholungen recht.«

Sie gingen hinaus auf die Straße. Jakob blieb stehen, murmelte: »Unsere tägliche Straße, Adele. Auch dies wiederholt sich. Und etwas passiert, ohne daß wir es merken: Unser Interesse verringert sich. In Spuren natürlich, aber am Ende steht eine Erkenntnis, daß das Schlimmste, was dem Menschen passieren könnte, ewiges Leben wäre.«

Adele zog scharf die Luft ein.

»Es ist ja schlimmer, als ich dachte.«

»Ich hasse halbe Gedanken«, entgegnete Jakob, »die

meisten Leute denken ihre Gedanken nicht zu Ende. Sie begnügen sich mit dem halben Gedanken oder mit noch weniger, aber eigentlich sind wir es unserem Verstande schuldig, ihn aufzufordern, jeweils die ganze Strecke abzugehen.«

»Die Sie gerade abgehen.«

»Ja, Adele. Mir fällt gerade eine neue Kurzformel ein, um einen Zustand zu beschreiben, der sich mit zunehmendem Alter immer stärker einstellt.«

»Sagen Sie diese Kurzformel.«

»Aus Interesse wird Desinteresse.«

Wieder zog Adele scharf die Luft ein, hielt es für richtig, jetzt lieber vom Essen zu sprechen: »Wie wäre es heute mal mit italienisch?«

»Wie kommen Sie auf italienisch?«

»Vielleicht –« lächelte Adele, »weil Italiener freundliche Leute sind, offenbar ganz dem Leben zugewandt, Leute, die sich Ihre Gedanken nicht machen.«

»Das ist nicht so ganz sicher, meine Liebe«, sagte Jakob, »ich spreche von einem Phänomen, das alle Leute betrifft, wer immr sie sind, wo immer sie leben.«

Adele berührte ihn am Arm, sagte heiter: »Folgen Sie mir. Wir gehen ins Europa-Center. Da gibt es auf der Galerie einen Italiener.«

»Sonderbar«, sagte Jakob, »die Schwäche des einen ruft die Stärke des anderen hervor. Auch dies mag wohl eine menschliche Eigenschaft sein, über die ich bei Gelegenheit nachdenken werde.«

»Sie sollten das Nachdenken lassen, Jakob.«

Sie beschleunigte den Schritt, hielt Jakob am Arm, dirigierte ihn über die Straße und sprach von allen möglichen Dingen, von den neuesten Abenteuern ihrer Enkelin.

Sie blieb plötzlich stehen, sah Jakob an. »Hm, Jakob«, sagte sie, »wenn ich an meine Enkelin denke, dann mögen Sie ein wenig recht haben. Was sie erlebt – ich denke jetzt an ihre Liebesabenteuer –, ist absolut neu, und ich nehme an, es füllt sie aus in einer ganz überwältigenden Weise. Ihr Lebensinteresse ist voll da.«

Jakob lächelte. »Sehen Sie, meine Liebe, der Abend des Lebens ist voller Ruhe, Windstille. Man weiß wie der Tag war, was er gebracht hat, er liegt hinter uns.«

Sie gingen über die Fußgängerbrücke hinüber in das große Gebäude, stiegen hinüber in die Galerie, auf die weitläufigen Umgänge mit den Zugängen zu den verschiedenartigsten Geschäften.

Sie betraten das italienische Restaurant, ein holzgetäfelter Raum, der italienisch dekoriert war – oder was sich der Besitzer unter italienisch vorstellte. Er hat ein Fischernetz gespannt, darin ein paar Chiantiflaschen eingeknüpft. In einem Wasserbassin bewegten sich Langusten träge – in der Gewißheit des nahen Endes.

Jakob und Adele nahmen Platz, zogen die Speisekarte zu Rate. Jakob verzog das Gesicht.

»Was ist denn das für eine Musik?«

Man hörte von der Galerie her Geigenmusik. Zweifellos die Musik eines Straßenmusikanten. Ein Geiger spielte und dies in einer Weise, die schmerzhaft war.

Der Geigenspieler war ein alter Mann, in ungepfleger Kleidung, seine Hosen waren zerrissen, er hatte Schuhe mit Bindfäden geschnürt. Sein Kopf war ziemlich kurz geschoren, voll grauer Stoppelhaare. Er war nicht rasiert. Er stand neben einer Mütze, die er auf den Boden gelegt hatte, und fidelte vor sich hin.

Jakob und Adele hatten einen Berg Spaghetti vor sich, tranken Rotwein dazu.

Sie waren noch mal zurückgekommen auf das Phänomen der Wiederholung.

Jakob sagte eifrig: »Wir können doch nicht die Augen verschließen vor der Tatsache, daß ältere Menschen dazu neigen, sich etwas vorzumachen.«

Adele sagte gutgelaunt: »Und wir, Jakob, machen uns nichts vor? Weil wir die Kraft haben, die Fähigkeit, vielleicht auch die besondere Begabung, zu Ende zu denken, das Ende nicht zu scheuen, selbst wenn es ein trauriges ist.«

Er machte eine unwillige Bewegung, unterbrach sich, stieß hervor: »Herrgott, spielt der Mensch schlecht.«

Der Geiger hatte inzwischen seinen Standort gewechselt, war ein bißchen näher herangerückt an das italienische Restaurant.

»Spielt er so schlecht?«

»Ja, hören Sie das denn nicht?«

Adele lachte. »Bei so vielen Mißtönen in der Welt?«

»Ja«, rief Jakob, »aber bei Musik verstehe ich keinen Spaß.«

Der Geiger war wohl auch mit diesem Standort nicht

zufrieden, nahm seine Mütze auf, in der es nichts zu leeren gab, und machte sich auf den Weg.
»Na, Gott sei Dank hat er aufgehört«, sagte Jakob, »wissen Sie, bei Worten ist man gewöhnt, daß sie mißhandelt werden im Gegensatz zu Noten, von denen der Mann allerdings keine Ahnung hat.«
Aber der Geiger hatte inzwischen seinen Standort gefunden, direkt vor dem Lokal, zückte seine Geige und setzte den Bogen an.
Jakob schreckte förmlich auf.
»Um Himmels willen, wo ist er?«
»Er steht vor der Tür«, sagte Adele trocken, »ich sehe ihn, ein alter Mann, Jakob.«
Jakob drehte sich um, sah zur Tür hin. Nun sah man den Übeltäter deutlich, den Mann in seiner schlechten Kleidung, mit seiner gebückten Haltung und mit äußerster Gleichgültigkeit gegenüber der Musik, die er hervorbrachte.
»Alter entschuldigt vieles, aber nicht alles«, sagte Jakob, nickte grimmig: »Dies nicht.«
»Ich würde nicht hinhören«, empfahl Adele.
Ärgerlich sagte Jakob: »Ich brauche die Hände, um Messer und Gabel zu bedienen, nicht um mir die Ohren zuzuhalten.«
»Sie sind zu empfindlich, Jakob.«
»Worauf ich ein Recht habe. Unempfindlich zu sein mag eine Gabe Gottes sein, ich habe sie nicht.«
Adele genoß es, Jakob aufgebracht zu sehen. Milde sagte sie: »Aber der Mann tut doch, was er kann.«

»Aber was er kann, ist zu wenig.«
Adele lächelte: »Er ist ja nicht bei den Berliner Philharmonikern.«
»Aber er produziert sich öffentlich. Das hat er mit den Berliner Philharmonikern gemeinsam«, stieß Jakob hervor.
Die ganze Zeit hörte man das Kratzen des Bogens auf der Geige, die Töne kamen jämmerlich, daß nun auch andere Gäste des Lokals aufmerksam wurden.
»Dabei ist das ein schönes Stück«, sagte Jakob, der längst Messer und Gabel beiseite gelegt hatte, »das muß man doch ganz anders spielen.«
Er schien einen Gedanken zu fassen, sagte: »Entschuldigung, Adele«, und stand abrupt auf.
Jakob durchmaß die wenigen Meter zum Eingang eilends und aufgebracht.
Er stand vor dem Geiger, sah ihn streng an: »Jetzt hören Sie mal auf.«
Adele saß in geringer Entfernung, sah Jakob und hörte, was er sagte, denn Jakob hatte die Tür weit offen gelassen.
»Ja, bitte«, sagte der Geiger, nahm die Geige vom Kinn.
»Es tut mir leid«, sagte Jakob, »aber ich bin nicht ganz einverstanden, was Sie da spielen.«
Der alte Mann sah Jakob verwundert an. Mit einer Miene, die man als demütig-verschmitzt bezeichnen konnte.
»Wieso nicht einverstanden?« Er griff in seine Tasche.
»Ich habe eine öffentliche Erlaubnis zu spielen, wenn Sie sich det ma ansehen wollen«, berlinerte er.

»Ihr Zettel da interessiert mich nicht«, rief Jakob.
»Ick hab ihn mir extra besorgt, falls ma eener dumm kommt. Ick darf det hier ausüben, det is ein Gewerbeschein, lieber Herr.«
Jakob sagte ärgerlich: »Mag sein, daß Sie das Spielen einer Geige wie ein Gewerbe betreiben, aber Sie beherrschen Ihr Gewerbe nicht. Sie spielen die Geige nicht, sondern Sie mißhandeln sie.«
Er nahm dem Verdutzten die Geige aus der Hand: »Geben Sie mal her. Wissen Sie überhaupt, was das ist, was Sie da spielen.«
Er sah den Mann streng an: »Jetzt hören Sie mir mal zu.«
Jakob setzte die Geige an und begann das gleiche Stück zu spielen. Er spielte deutlich besser, er brachte einen weichen Ton hervor und eine erkennbare Melodie.
Adele traute ihren Augen und Ohren nicht. Sie hatte ihre Serviette beiseite gelegt, war in Versuchung aufzustehen. Sie hatte bis dahin nicht gewußt, daß Jakob Geige spielen konnte.
Jakob setzte die Geige ab, sah den Mann streng an: »So macht man das. Ein bißchen mit Gefühl. Das Herumkratzen auf der Geige reicht nicht aus, um Leute zu belästigen, die in aller Ruhe in diesem Lokal essen wollen.«
Der alte Mann nahm verdutzt seine Geige zurück, staunte: »Sind Sie Musiker? Haben Sie das mal gelernt?«
»Ich bin kein Musiker«, sagte Jakob lakonisch, »aber

Geige spielen habe ich mal gelernt.« Er fragte den Mann: »Haben Sie es mal gelernt oder machen Sie das im Selbstversuch?«

Der Geiger schien beschlossen zu haben, sich zu wehren. »Natürlich habe ich das gelernt.«

Ärgerlich fuhr Jakob fort: »Aber Sie müssen doch nicht jedem zeigen, daß Sie es vergessen haben.«

Adele hatte es nun nicht länger an ihrem Platz gehalten. Sie war aufgestanden, herausgekommen und stand nun neben Jakob und dem abgerissenen Geiger.

»Jakob«, sagte sie staunend, »ich wußte gar nicht, daß Sie Geige spielen.«

»Ich habe früher einmal Geige gespielt, deswegen kann ich beurteilen, was dieser Mann faslch macht. Er hat zu steife Finger.« Er sah den Geiger an: »Darf ich mal Ihre Hände sehen?« Der Mann war ganz verstört und voller Mißtrauen.

»Meine Hände? Was ist damit?«

»Geben Sie mal her«, sagte Jakob energisch, nahm eine Hand des Mannes, prüfte sie auf ihre Beweglichkeit.

»Na, was sage ich. Die sind ja ganz steif.« Er befahl dem Manne: »Bewegen Sie sie mal. Na, los, tun Sie es. Kräftiger. Den Ton spürt man doch in den Fingerkuppen. Spüren Sie da nichts?« Der Mann zog seine Hand abrupt weg.

»Ich spüre alles Mögliche. Vor allen Dingen spüre ich meinen Magen. Und sonst spüre ich noch was. Mein Kreuz spüre ich und meine Füße.«

Jetzt berlinerte er wieder: »Det ist nischt, wovon man

einen weichen Ton kriegt, den Sie, mein Herr, sich vielleicht leisten können.«
»Hm«, sagte Jakob etwas friedlicher, »da kann er natürlich recht haben. Schlechte äußere Bedingungen, besonders physischer Art.« Er fuhr den Mann an: »Haben Sie schon gegessen?«
Der alte Mann schien eine Chance zu wittern.
»Nee, hab ich nich. Ich habe nischt im Magen, seit dem frühen Morgen nich. Und da ooch nur ein halbes Brötchen.« Er fügte klagend hinzu: »Trocken.«
Jakob zögerte eine Weile, er sah durchaus, daß der Mann ein Schlitzohr war. Dennoch sagte er: »Dann kommen Sie mal rein.« Entschuldigend sagte Jakob zu Adele: »Ich kann den Mann nicht kritisieren, wenn er mir mit so was kommt.« Trocken fuhr er fort: »Vielleicht habe ich nicht seine Geige gehört, sondern seinen Magen.«
Jovial-herzlich lud er den Mann ein: »Wie gesagt, kommen Sie rein und essen Sie erst mal was.«
Der Geiger sah Jakob begeistert an. Er brachte ein breites Lächeln hervor: »Ich bin so frei.« Er machte sogar eine Verbeugung, dienerte förmlich. »Wenn Sie mir nur gestatten, daß ich meine Mütze – wenn ich die mal aufheben darf?« Er nahm seine Mütze auf, sah eine Weile betrübt hinein, weil sich nichts darin befand und folgte Jakob und Adele ins Lokal. Er sah sich um, schien das ganze Lokal begrüßen zu wollen, dienerte in jede Richtung und nahm Platz am Tisch von Jakob und Adele.

Wenig später hatte auch er auf einem Teller einen Berg Spaghetti vor sich. Er kaute ausgiebig, trank auch den Rotwein mit sichtlicher Hingabe, sah von einem zum anderen, noch über seinen Teller gebeugt: »Also den Tag, den Tag heute, den ernenne ich zu meinem persönlichen Glückstag. Um so lieber, als ich die sehr selten gehabt habe.« Er lachte bedeutungsvoll: »Also, die Glückstage haben um mich immer einen Bogen geschlagen. Immer um mich rum.« Er nickte, lud die Gabel voll: »Jetzt verstehen Sie sicher, daß das heute für mich etwas Besonderes ist.«

»Wovon leben Sie?« erkundigte sich Jakob.

»Also, ein bißchen Geld krieg ich ja von Amts wegen, aber das ist ziemlich wenig. So daß ich mir det aufbessere mit einer Tätigkeit, die mir –« er streckte die Gabel gegen Jakob aus, »die mir Spaß macht. Das Musizieren –« beteuerte er, »macht mir Spaß. Das haben mir schon viele Leute gesagt, der Hugo –« er kehrte jetzt die Gabel gegen sich selbst, »das bin ich, der Hugo hat die Musik im Blut.«

»Kann sein«, sagte Jakob trocken, »aber nicht in den Fingern.«

Der alte Mann ließ sich nicht beirren.

»Daß man so was im Blut hat, das ist wichtig. Das mit den Fingern, das ist temporär.«

Er bemühte sich jetzt hochdeutsch zu sprechen, sah von einem zum anderen: »Wenn Sie wissen, was ich darunter verstehe.«

»Ah was«, sagte Jakob, »Sie haben die Technik nicht

mehr. Vielleicht haben Sie die mal beherrscht, aber die haben Sie vergessen.«

Er streckte die Hand nach der Geige aus. »Zeigen Sie sie mir mal.«

Jakob nahm die Geige an sich, betrachtete sie, beklopfte sie, zupfte die Saiten.

»Schlecht ist sie nicht«, murmelte er, »aber ein bißchen verstimmt.«

Er zupfte und drehte an den Knebeln.

»Aber jetzt muß ich Sie doch fragen, Jakob, woher können Sie Geige spielen?«

»Ich hatte mal eine«, erklärte Jakob, »das ist sehr lange her, Hausmusikzeiten, die es mal gegeben hat in einem Land, das damals noch ziemlich friedlich war und sehr konservativ. Was damals noch kein Schimpfwort war.«

Er sah den Geiger an: »Was haben Sie jetzt vor?«

»Wie meinen Sie?« stotterte der Mann, »ich mach meine Tour. Von hier wollte ich rüber in die Passage. Und dann hab ich einen guten Platz vor der Gedächtniskirche.« Er murmelte: »Eine Kirche macht die Leute gebefreudig. Für viele ist eine Kirche nur ein Bauwerk, bei dem sie sich nischt denken, obwohl sich der Professor Eiermann solche Mühe gegeben hat.«

Adele sah Jakob an. »Warum fragen Sie ihn, ob er Zeit hat?«

Unwillig sagte Jakob: »Man kann ja mal versuchen, dem Mann was beizubringen, daß er sich an ein paar Dinge erinnert, die er offenbar vergessen hat.«

»Ich verstehe nicht, Jakob.«
»Ich weiß–« entgegnete er ärgerlich, daß ich da vielleicht einen Fehler mache, aber jetzt will ich nicht mehr zurück.« Er sah den Mann an. »Kommen Sie mal mit.«
Der Geiger nickte, sah von einem zum anderen, sagte dann: »Sie haben mir zu essen gegeben, zu trinken. Nur recht und billig, daß ich Ihnen nicht widerspreche.«
Jakob und Adele luden den Mann ins Taxi und brachten ihn mit in die Wohnung Jakobs.
Der Mann war doch ein wenig ruhiger geworden, wirkte beklommen, als habe er sich auf etwas eingelassen, was er nicht überschauen könne.
Er nickte nur anerkennend: »Hier wohnen Sie? Also das muß ich sagen, eine schöne Gegend. Eine Gegend, die man sich leisten können muß.«
Auch die Wohnung Jakobs gefiel ihm. Er sah sich um, hielt es für richtig, erneut seine Anerkennung auszusprechen.
»Man sieht«, sagte er, »Sie hatten es nicht nötig im Leben, sich zum Essen einladen zu lassen.« Er lachte, nickte Jakob zu: »Sie haben in Ihrem Leben nicht nur Geige gespielt.«
Er fiel wieder in seinen Jargon. »Also det hier, det is alles vom Feinsten.«
Adele zeigte ihre lebhafte Neugier ganz offen, fragte Jakob: »Was machen wir jetzt mit ihm?«
»Irgendwo muß ich noch alte Notenhefte haben«, sagte Jakob lebhaft, wandte sich an den Geiger: »Sie können doch Noten lesen?«

»Natürlich kann ich das«, beteuerte der alte Mann, schränkte ein: »Obwohl ich das lange nicht mehr gemacht habe.«

Er sah ein wenig mißtrauisch und beklommen der Suche Jakobs zu, der Schubladen aufzog und Noten suchte.

»Wissen Sie«, sagte der Geiger, »was ich spiele – das muß ich doch auswendig von mir geben. Die Leute verlangen das. Das macht ja keinen Eindruck, wenn ich da – Noten hinstelle.«

Immer noch suchte Jakob in den Schubladen seiner Schränke.

Der alte Mann sagte besorgt: »Sie wollen mir doch jetzt nicht Noten bringen.«

»Hier habe ich sie«, sagte Jakob befriedigt, hatte einen Stapel von Notenheften ans Licht gebracht.

Adele staunte: »So viele Noten haben Sie noch. Aber keine Geige mehr?«

»Nein, die ist mir vor Jahren verlorengegangen, ich weiß nicht einmal wann und wo.«

Adele lachte, sagte lebhaft: »Wissen Sie, daß ich mal ein Klavier gehabt habe.«

Jakob war ganz überrascht: »Sie hatten mal ein Klavier?«

»Das ist nun auch schon sehr lange her, und wo es verlorengegangen ist, weiß ich genau. In Ostpreußen.«

Sie machte eine Pause, murmelte: »Entschuldigen Sie, Jakob. Ich kann das Wort Ostpreußen nicht aussprechen, ohne etwas zu spüren, sie tippte auf ihre Brust, »hier spüre ich es, eine unendliche Traurigkeit. Mein

Klavier blieb in unserem Hause stehen. Vielleicht ist es an einen Russen geraten, der gemerkt hat, was für ein gutes Instrument es ist.«

»Sie haben also Klavier gespielt?«

»Ich hatte es so vergessen, wie Sie Ihre Geige vergessen haben.«

Der Geiger hatte zugehört, von einem zum anderen gesehen: »Auch eine schöne Sache, ein Klavier, aber –« jetzt lachte er, »nischt für mich. Was Sie zugeben müssen«, fügte er heiter hinzu, »ich kann ja kein Klavier mit mir herumschleppen, obwohl das Hämmern –« er demonstrierte, was er meinte, mit energischen Fingerbewegungen, »mir gelegen hätte.«

Er sah Jakob an: »Ich denke jetzt an das, was Sie mir gesagt haben, det mit den diffizilen Fingerkuppen.«

»Also«, sagte Jakob, »jetzt stelle ich Ihnen mal ein paar Noten hin.«

Er schlug ein Notenheft auf, plazierte es so, daß der Geiger die Noten in Augenhöhe hatte.

»Nun mal zu«, sagte Jakob.

Der alte Mann starrte die Noten eine Weile an, drehte sich dann langsam um.

»Zu schwer?« fragte Jakob.

»Also –« holte der alte Mann Atem, »von schwer will ich da nicht reden. Nur det mir det ein bißchen vor den Augen flimmert.«

»Was flimmert denn da?«

»Was da flimmert?« Er hob die Schultern: »Es flimmert eben, als säß' da ein Nest von Fliegen.«

»Ein Nest von Fliegen?«
Der Geiger beteuerte: »Was an meinen Augen liegt. Die nicht mehr die besten sind. Was ich jetzt merke und das zu meiner eigenen Überraschung.«
Er sah Jakob demütig an: »Wenn Sie mir das mal vorspielen wollen.«
»Sie können nicht Noten lesen?« stellte Jakob nüchtern fest.
»Det will ich nicht sagen«, murmelte der Geiger, »nur lesen und dabei spielen, det ist es.«
Adele lachte herzlich.
Jakob enthielt sich, er sah den Mann nur streng an, setzte dann die Geige an und spielte vom Blatt.
Jakob mußte sich deutlich hineinfinden in sein Spiel, der Ton gewann an Farbe, wurde intensiver, so, als käme die Erinnerung an viele Hausmusikabende zurück. Auch sein Gesicht veränderte sich, es wurde nachdenklicher, offener, so als käme mit der Musik mehr zurück als die Erinnerung an Musikabende, das Leben kam zurück, das schönste des Lebens, wahrscheinlich weil nur das Schöne sich mit Musik ausdrücken läßt.
Der Geiger stand beflissen und aufmerksam da, er begriff nicht was vorging, aber Adele begriff es. Sie stand ganz ruhig, fühlte ihr Herz und aufsteigende Tränen.
Jakob setzte die Geige ab, stand ganz ruhig, als müsse er selber den Weg in die Gegenwart zurückfinden.
»Bravo«, sagte der Geiger, »da kann ich nur bravo

sagen. Und det sage ich neidlos. Neid war nie meine starke Seite.«

Jakob wandte den Kopf, sah Adele an.

»Die Übung fehlt mir«, murmelte er.

»Was nur ein Fachmann merkt«, beteuerte der Geiger, »und wenn det eine Demonstration war, die ist bei mir angekommen. Ich habe was gelernt«, beteuerte er, »was die Töne angeht, die Weichheit des Tones, also det hab ich alles mitgekriegt.«

Sie schickten den Mann mit der Geige weg. Er verabschiedete sich, sagte noch einmal, wie sehr ihm die Begegnung gefallen habe.

Er war gegangen, die Tür war hinter ihm zugefallen.

Jakob stand ein wenig unruhig im Zimmer.

»Jakob«, sagte Adele, »ich habe heute die schönste Musik meines Lebens gehört.«

»Na, na, na«, rief Jakob, wachte gleichsam auf, lachte. »Solche Übertreibungen, liebe Adele, dürfen Sie sich nicht leisten. Es sei denn, Sie geben eine Erklärung für diese Übertreibung.«

»Ich bin ja dabei.«

Sie atmete tief auf. »Jakob, man kann Musik natürlich als Musik genießen, rein für sich, die mit dem Anhören verbundenen hohen Gefühle, hervorgerufen durch die Empfindungen von Harmonie, aber man kann auch eine direkte Verbindung sehen zu einem Menschen, zu seinem Leben. Und die gab es gerade.«

»Eine Verbindung zu meinem Leben?«

»Ja, zu Ihrem Leben. Ich hatte plötzlich einen ganz anderen Zugang zu Ihnen.«

»Um Himmels willen, Adele.«
»Kein Mensch besteht nur aus Gegenwart. Die Vergangenheit ist unsichtbar. Und plötzlich wird sie sichtbar, nein, nicht sichtbar, gesehen werden kann sie nie wieder, aber sie wird fühlbar, und welche Kraft hat sie plötzlich.«
»Das haben Sie gespürt, Adele?«
»Ja, und ganz stark.« Sie überlegte und setzte dann ein Wort hinzu: »Herzbewegend.«
Jakob räumte die Noten weg, suchte nach einer Flasche, hielt dann aber in jeder Bewegung inne.
»Adele«, sagte er, »mir ging es ähnlich, als Sie von Ihrem Klavier sprachen, das in Ostpreußen stehengeblieben ist. Ich sah Sie plötzlich am Klavier, als Kind, als junges Mädchen. Hatten Sie Zöpfe?«
»Ich weiß nicht. Ich glaube, ich hatte Zöpfe. Wir hatten damals alle Zöpfe.«
»Zöpfe gefallen mir auch. Zöpfe gehören nun mal in unsere Jugendzeit.«
»Es war nur ziemlich mühsam, sie zu flechten.«
Jakob schenkte nun doch den Kognak ein.
»Ich muß jetzt einfach was trinken, Adele. Auf die Zeit, die so weit hinter uns liegt. Auf die Zeit, die Sie am Klavier und ich vor der Geige verbracht haben. Beide an ganz verschiedenen Orten dieser Welt. Und beide ohne Wissen, was in der Welt vor sich gehen würde, welchen Gang sie nehmen würde.«
Er atmete tief auf: »Herrgott, Adele, Was gäbe ich darum, wenn ich das kleine Mädchen sehen könnte, wie es am Klavier saß.«

Es wurde ein vergnügter Abend. Adele kramte ihre Erinnerungen hervor und Jakob die seinen. Die wieder zum Leben erweckte Erinnerung nahm den langen Weg in die Gegenwart wie in einem einzigen Schritt. So saßen sie schließlich beide, umhüllt von Vergangenheit, vom besten der Vergangenheit, und die Gegenwart kam sich ganz arm vor und war fast nicht spürbar.

Als Adele schließlich nach Hause ging, war sie wie beschwingt. Sie war immer noch nicht in die Gegenwart zurückgekehrt. Welchen Glanz, dachte sie, hat die Vergangenheit, das beste an der Vergangenheit, nur das beste natürlich. Da unterschied das Bewußtsein ganz deutlich.

Am nächsten Tage telefonierte Adele mit Jakob.

»Lieber Freund«, sagte sie, »ich kann Sie erst am Nachmittag besuchen. Möglicherweise erst am späten Nachmittag. Ich hoffe, daß Sie dafür Verständnis haben.«

Jakob rief zurück: »Liebe Adele, mein hohes Alter verpflichtet mich, für alles Verständnis zu haben, selbst für die Dinge, für die man eigentlich kein Verständnis haben könnte. Ich warte einfach, bis Sie kommen.«

Es war in der Tat später Nachmittag, als Adele vor der Wohnungstür Jakobs stand.

Sie stand da, mit leuchtenden Augen, wie Jakob später feststellte, mit besonders leuchtenden Augen, hatte einen Gegenstand hinter ihrem Rücken verborgen, brachte den Gegenstand zum Vorschein, der sich unschwer als ein Geigenkasten identifizieren ließ.

Sie streckte ihm den Geigenkasten entgegen.

»Hm«, sagte Jakob, ganz nach seiner Gewohnheit, wenn ihm daran lag, Zeit zu gewinnen.
»Jakob«, sagte Adele, »dies hier ist ein Geschenk für Sie. Damit ist auch mein spätes Erscheinen hinreichend erklärt. Ich habe lange suchen müssen, bis ich dieses Instrument fand, das zwar keine Stradivari ist, aber durchaus brauchbar. So versicherte mit der Verkäufer, der einen seriösen Eindruck machte.«
»Kommen Sie herein, Adele«, sagte Jakob. Er ging mit ihr ins Wohnzimmer, langsam, bedächtig, packte dann die Geige aus, betrachtete sie lange, sah dann Adele an.
»Adele«, sagte er, »mir fallen viele Worte ein, ich habe Angst vor jedem. Zuviele Gefühle.«
»Macht nichts, Jakob. Ich spüre lieber Gefühle, als daß ich sie höre.«
»Ein weises Wort«, murmelte Jakob.
Er fuhr fort: »Ich werde Ihnen sagen, wie ich denTag verbracht habe. Ich habe telefoniert, und morgen bringt man es uns, ein Leihklavier.«
Jetzt stand Adele ganz still. »Darf ich Ihre Worte benutzen, Jakob? Mir fallen viele Worte ein, ich habe Angst vor jedem.«
»Geschenkt, Adele«, rief Jakob.
Er legte die Geige behutsam auf den Tisch, betrachtete sie.
»Wissen Sie, Jakob«, sagte Adele, »was mir noch am Herzen liegt zu sagen? Wie begannen wir den Tag gestern. Wir sprachen von der Wiederholung, die das Lebensinteresse verringere.«

»Ja«, sagte Jakob.

»Nun«, stellte Adele fest, »ich denke, der Beweis ist gegeben: Unsere Lebensinteressen sind noch voll da.« Fast triumphierend sah sie Jakob an und behielt diesen angenehmen Ausdruck noch eine ganze Weile. Erst sehr spät am Abend ging er langsam weg, aber bis dahin hatte er ja auch seine Wirkung getan.

Eine Freudenbotschaft

Adele kam vor dem Hause Jakobs an, drückte die Klingel und hielt den Finger ziemlich lange auf dem Knopf.

»Hallo«, meldete sich Jakob, »wer zum Teufel spielt da mit der Klingel?«

»Ich bin es, lieber Jakob, und wenn ich den Finger ungebührlich lange auf dem Klingelknopf lasse, dann hat das natürlich einen Grund. Lassen Sie mich so schnell wie möglich ins Haus. Ich habe Ihnen eine erstaunliche Mitteilung zu machen.«

»Um Himmels willen.«

»Keine Sorge, es ist nichts Unangenehmes, ganz im Gegenteil, es handelt sich um eine Mitteilung, die unser Leben verändern wird.«

»Also doch um Himmels willen«, rief Jakob, »ich möchte unser Leben nicht verändern.«

»Möchten Sie nicht?«

»Weil es mir gefällt. Ich lasse Sie erst herein, wenn Sie mir versprechen, daß sich unser Leben nicht verändern wird.«

Ärgerlich sagte Adele: »Wissen Sie, daß Sie es mir sehr schwermachen, eine Freudenbotschaft loszuwerden.«

»In Gottes Namen dann«, kam Jakobs Stimme durch den Lautsprecher, »kommen Sie herein.«
Adele ging ins Haus, nahm ganz gegen ihre Gewohnheit zwei Stufen auf einmal und nicht, um jemandem zu imponieren, denn sie war ganz allein im Treppenhaus, behielt ihren Geschwindschritt aber bei und traf, vor Jakobs Wohnungstür angekommen, auf die erstaunten Blicke Jakobs, der sie längst erwartet hatte.
»Sie sind ja ganz außer Atem.«
»Mit Recht, Jakob.«
»Ich habe Sie gehört. Sie sind die Treppe hinaufgerannt.«
»Ja, gleichsam beflügelt.«
»Na«, sagte Jakob trocken, »mit Flügeln wäre es weniger anstrengend gewesen. Kommen Sie.«
Sie gingen ins Wohnzimmer.
»Sagten Sie wirklich, Sie seien im Besitze einer Freudenbotschaft?«
»So ist es.«
Sie setzte sich in einen Sessel, ließ sich förmlich hineinfallen, stand dann wieder auf, als sei es unpassend zu sitzen.
»Liebe Adele«, sagte Jakob, »während Sie die Treppe hinaufrannten, ungesund schnell, wie ich finde, habe ich über das Wort Freudenbotschaft nachgedacht. Was ist eine Freudenbotschaft. Ich gebe zu, daß ich so schnell keine Antwort auf diese Frage fand.« Er lächelte: »Aber jetzt werde ich es ja erfahren, was das ist, eine Freudenbotschaft.«

Adele sagte ärgerlich: »Wissen Sie, daß Sie mich ganz drausgebracht haben. Eine Freudenbotschaft wird man sofort los, ohne Zögern, fast ohne Atem zu holen. Jetzt muß ich einen völlig neuen Anlauf nehmen.«

»Hm«, sagte Jakob, »für eine Mitteilung, die unser Leben verändern wird.«

»Ich denke, Jakob.« Jetzt sprach sie es aus: »Jakob, sechs Richtige im Lotto.«

Sie sah Jakob intensiv an, mit blitzenden Augen.

»Wer? Sie–?«

»Ich, Jakob. Aber wenn ich ich sage, dann heißt das wir.«

»Sechs Richtige?«

Adele räusperte sich. »Das heißt, ich bin nicht ganz sicher, es können auch fünf sein, wenigstens aber vier.«

»Ja, wissen Sie das denn nicht ganz genau?«

»Jakob«, ärgerte sich Adele, »Sie können sich auch keine Zahlen mehr merken.«

»Haben Sie nicht eine Kopie Ihres Wettscheins?«

»Die muß ich noch suchen.« Lebhaft fuhr sie fort: »Wissen Sie, ich nehme jedesmal neue Zahlen. Das heißt, ich habe einen Stamm von vier Zahlen, die, die ich für meine Glückszahlen halte. Und diese garniere ich mit zwei, drei anderen Zahlen, die ich mir einfallen lasse.«

Jakob lächelte. »Ich glaube, ich habe Sie mal dabei beobachtet. Sie sahen sehr angestrengt aus.«

»Angestrengt?«

»Wie jemand, der telefoniert und den anderen nicht

genau versteht. Wahrscheinlich wurden Ihnen da die Zahlen durchgegeben.«
Adele ärgerte sich erneut, sah Jakob groß an. »Sagen Sie«, rief sie aus, »wie reagieren Sie eigentlich auf eine Freudenbotschaft?«
Jakob blieb gelassen und freundlich. »Zurückhaltend, Adele. Und dies nur, um das Gleichgewicht nicht zu verlieren.«
»Aha, das Sie also in Gefahr sehen.«
»Tja«, lächelte Jakob, »nachdem man sich ein Leben lang Mühe gegeben hat, sich dieses innere Gleichgewicht zu erwerben. Sechs Richtige, sagten Sie?«
»Oder fünf.«
»Mindestens aber vier, sagten Sie. So hat die Freudenbotschaft doch einen gewissen Spielraum.«
»Ja, zwischen viel und sehr viel. Und sehr viel wären möglicherweise anderthalb Millionen.«
»Hm«, sagte Jakob.
»Jetzt schweigen Sie«, rief Adele, lachte: »Das ist eine Zahl, was?«
»Sie ist ansprechend«, murmelte Jakob.
»Jakob«, verwies ihn Adele, »das ist wiederum keine angemessene Reaktion.«
Jakob lächelte, breitete die Arme aus. »Entschuldigen Sie, Adele, ich lasse diese Zahl, die Sie da gerade genannt haben, diese immense Zahl in mich hineinfallen. Ganz langsam in mich hineinfallen, bis sie unten angekommen ist.« Trocken fügte er hinzu: »Falls man in meinem Alter überhaupt noch einen Boden hat.« Er

holte Atem: »Also, meine Reaktionen kommen noch, ich bin da ganz sicher.«

»Ich habe sie schon«, lachte Adele, »darf ich an Ihren Schrank gehen? Ich brauche einen Schnaps, um eben das Gleichgewicht, an dem Ihnen soviel liegt, wiederzugewinnen, da ich es verloren habe.«

Jakob besorgte die Gläser, während Adele sich schon der Flasche bemächtigt hatte.

Sie lachte: »Da gerät jetzt einiges in Bewegung, nicht wahr?«

»Was gerät in Bewegung, Adele?«

»Da fragen Sie? Die Phantasie, Jakob, die doch als erstes. Und dann das Geld natürlich. Was ganz logisch ist. Geld hat Füße, und viel Geld hat Flügel.«

Sie nahm das Glas in die Hand, marschierte durch den Raum.

»Sie haben schon einen anderen Gang, Adele.«

»Wie gehe ich?«

»Sie schweben.«

Adele nickte: »In der Tat, ich komme mir leichter vor. Was fast selbstverständlich ist.« Sie staunte: »Anderthalb Millionen, Jakob.«

»Es können ja auch weniger sein.«

»Richtig«, sagte Adele lebhaft, »aber fangen wir mal oben an, das muß doch erlaubt sein.«

»Es sei Ihnen erlaubt, Adele.«

Sie blieb stehen, trank das Glas leer, stellte es weg.

»Sie hatten mir mal ein Angebot gemacht, Jakob. Nämlich zu Ihnen zu ziehen.«

»Ja, richtig.«
»Mit welcher Begründung?«
»Die war, vorwiegend, ökonomischer Art. Wir würden eine Menge an Taxigebühren sparen. Von der Zeit ganz zu schweigen, die wir verlieren, bei dem ständigen Hin und Her. Und die Zeit wird ja langsam knapp.«
»Hm«, sagte Adele, »darf ich mal ganz offen reden?«
»Tun wir das nicht immer?«
»Irgendwie hatten Sie gerade einen unsicheren Unterton.«
»Adele, Untertöne hat man immer. Ohne Untertöne ist kein Ton ein richtiger Ton. Sie fanden den Unterton, den ich gerade hatte, unsicher?«
»Sie haben doch nicht das Gefühl, daß ich mich Ihnen aufdränge?«
Fast erschrocken hob Jakob die Hände: »Nicht im geringsten. Aber eine kleine Unsicherheit bin ich Ihnen bei solchem Angebot, das ich Ihnen gemacht hatte, schuldig. Meine Befürchtung war, daß Ihnen diese Wohnung zu klein ist.«
»Nun, groß ist sie nicht, da haben Sie recht, aber – wir mögen uns, Jakob, was ja wohl kein Geheimnis ist. Wir selbst machen keins daraus, andererseits sind wir Individualisten.«
»Und die brauchen nun mal Platz«, sagte Jakob lakonisch.
»Sehen Sie das anders?« fragte Adele.
»Ich sehe es genau so.«

Adele ließ eine kleine Pause vergehen, ehe sie sagte: »Jetzt haben wir ihn.«

»Was haben wir jetzt?« fragte Jakob.

»Wir können uns eine größere Wohnung mieten. Das ist nun kein Problem mehr.«

»Eine größere Wohnung?«

»Vier Zimmer, fünf Zimmer, sechs Zimmer.«

Jakob holte Atem: »Sie waten ja förmlich in Zimmern.«

»Macht das nicht Spaß«, sagte Adele eifrig. Sie ging im Zimmer auf und ab und hatte tatsächlich einen anderen Gang, alle Gesten waren lebhaft, sie schien durchpulst zu sein von Energie. Jetzt blieb sie stehen. Ein neues Licht in ihren Augen: »Oder, Jakob, ein Haus?« Sie nickte: »Daran habe ich noch gar nicht gedacht.« Wie staunend fuhr sie fort: »Man sieht, wie schwer es ist, sich an neue Verhältnisse zu gewöhnen.« Sie blitzte Jakob an: »Wie wäre es mit einem Haus? Ich stelle mir natürlich ein schönes Haus vor, ein großes Haus, mit einem Garten. Lieben Sie Apfelbäume?«

»Ob ich Apfelbäume liebe?«

»Es gibt Leute«, sagte Adele kopfschüttelnd, »die mögen keine Apfelbäume. Als hätten sie eine Allergie gegen Apfelbäume. Ich persönlich liebe Apfelbäume.«

»Hm«, lächelte Jakob, »Sie sind eine Frau, Adele, und erliegen da möglicherweise einer uralten Erinnerung.«

Adele stand ganz still. »Sie sind im Begriff zynisch zu werden.«

»Bewahr mich der Himmel«, beteuerte Jakob.

Adele fuhr fort: »Dennoch sieht es aus, als seien wir

unversehens auf eine wichtige Frage gestoßen. Wie stehen Sie zu Apfelbäumen?«

Jakob fühlte, daß er hineingeraten war in jene Zone, in der Ernst und Spaß gleichen Anteil haben, jene gefährliche Zone, in der plötzlich einer gewinnt, der Spaß oder der Ernst.

Jakob sagte vorsichtig: »Die Idee Apfelbaum gefällt mir.«

»Die Idee Apfelbaum?« fragte Adele und war ein wenig verdutzt.

»Könnte doch sein«, sagte Jakob, »daß der liebe Gott sich am berühmten siebenten Tage unter einem Apfelbaum ausgeruht hat. Und dabei auf manchen Gedanken kam, der sich mit uns befaßte, mit uns, die wir die Krone der Schöpfung sind. Vielleicht kam ihm der erste Zweifel. Unter einem Apfelbaum.«

»Jakob«, sagte Adele ärgerlich, »Sie sollten mich ernst nehmen. Sie weichen immer aus in philosophische Gefilde, wenn Ihnen eine Antwort schwerfällt. Und mit Philosophie erschlägt man jede Diskussion. Ich sprach von einem großen Garten, den wir uns jetzt leisten können. Und in diesem Garten sehe ich Apfelbäume. Meine Frage war ganz einfach, ob Sie mit Apfelbäumen einverstanden sind.«

»Nichts gegen Apfelbäume, Adele. Aber überlegen Sie doch mal, wer soll die Äpfel pflücken. Wollen wir in Apfelbäumen herumturnen? Und wer soll den Garten pflegen. Und wer hält sie in Ordnung, die sechs, sieben oder acht Zimmer?«

»Aber Jakob«, holte Adele Luft, »wir haben anderthalb Millionen. Wir können uns einen Gärtner leisten, ein Dienstmädchen und einen Hausmeister.«
»Wollen Sie denn das?«
Adele nahm ihre Wanderung wieder auf.
»Nun ja, unser Leben wäre plötzlich ausgefüllt mit fremden Leuten, auf die man Rücksicht nehmen müßte und von denen man selber Rücksicht verlangt, die sie vielleicht nicht geben können, weil sie gar nicht wissen, was das ist, Rücksicht. Außerdem wäre es nicht gut, zu sehr in Anspruch genommen zu sein von rein äußeren Dingen, da gerade die inneren anfangen Spaß zu machen.«
Jakob schwieg vorsichtigerweise.
»Sie haben recht, Jakob. Lassen wir das Haus, obwohl es mir um die Apfelbäume leid tut.«
Sie lachte plötzlich, und ihre Stimme bekam einen übermütigen Klang. »Aber ist es nicht schön, Jakob, auf so ein Haus verzichten zu können. Zu sagen: Danke, wir mögen das nicht.«
»Ja«, nickte Jakob, »darin liegt Größe.«
»Sie genießen das?«
»Ich genieße es, Adele.«
»Zu sagen: Wir benötigen Sie nicht. Dem Gärtner, dem Dienstmädchen, dem Hausmeister, dem Chauffeur.«
Sie stockte bei dem letzten Wort, sah auf, sah Jakob intensiv an, wiederholte das Wort mit schwebender Stimme: »Chauffeur?« Lebhaft fuhr sie fort: »Jakob, wie wäre es mit einem Auto?«

»Mit einem Auto?«

»Sie wissen, daß es uns zuweilen Spaß macht, in irrsinnig vornehmen Autos spazierenzufahren. Irrsinnig vornehme Autos stehen uns.«

»Hm«, sagte Jakob, »ich gebe zu, sie stehen uns. Und möglicherweise stehen sie uns auch zu. Ich habe nichts gegen die Idee Auto. Sie gefällt mir, wenn auch nicht so gut wie die Idee mit dem Apfelbaum.« Er atmete auf, sagte fest: »Adele, ich möchte kein Auto besitzen.«

»Warum nicht?«

»Es wäre ein Gegenstand, von dem wir zu sehr in Anspruch genommen würden. Ich gebrauche da jetzt Ihre Worte.«

»Ja, ich verstehe.«

»Gegenstände, Adele, sind aufdringlich.«

»Okay, okay«, sagte Adele resolut, bewegte sich wieder lebhaft durch das Zimmer, »so sagen wir auch hier: Was haben Sie da? Einen Rolls-Royce. Nein, danke, im Moment sind wir nicht interessiert.«

Sie lachte: »Ist das nicht großartig, Jakob. Und wenn der Mann dann fragt: Warum nicht? Dann werde ich Ihre Worte gebrauchen: Lieber Freund, Gegenstände sind zu aufdringlich.«

Sie sah Jakob an: »Ob er das verstehen wird?«

»Ich glaube nicht. Er wird uns für wahnsinnig halten. Die Welt ist nun mal fixiert auf Gegenstände.«

»Nun ja«, murmelte Adele, »gegen die wir ja auch teilweise nichts einzuwenden haben.«

Sie hatte wieder ihr Glas in die Hand genommen: »Würden Sie mir diesen Gegenstand noch einmal füllen?«

»Mit Vergnügen, Adele.«

Er holte die Flasche, füllte das Glas Adeles und nahm sein eigenes, um es ebenfalls zu füllen.

Adele nahm einen kleinen Schluck, setzte das Glas dann ab, nahm ihre Wanderung wieder auf, als bewegten sich ihre Gedanken schneller, und schneller werdende Gedanken vertragen kein Stillstehen.

»Jakob –« sagte Adele.

»Sie stellen weitere Überlegungen an, die anderthalb Millionen betreffend?«

»Nun ja, nachdem Geld keine Rolle spielt.« Sie unterbrach sich, schickte dem Satz ein tiefes Erstaunen hinterher. »Was für ein Satz, nicht wahr, wenn man dies sagen kann: Geld spielt keine Rolle.«

Sie richtete sich auf, spielte eine Szene: »Herr Ober, ich hätte gern Kaviar, aber servieren Sie ihn nicht in diesen üblichen Fingerhüten. Es sollte schon eine ordentliche Portion sein, für die man einen großen Löffel braucht. Wissen Sie, die Sache ist nämlich so: Geld spielt bei uns keine Rolle.«

»Adele –« wandte Jakob ein, »soviel ich weiß, mögen Sie gar keinen Kaviar.«

»Nein, ich mag keinen Kaviar, aber ich darf mir ja vorstellen, daß ich jemand bin, dem Kaviar gefällt, für den Kaviar das größte ist, dann nämlich würde ich dies sagen können zu einem Ober, den ich mir hochnäsig vorstelle. Sie sind uns ja schon begegnet, diese arroganten Frackkellner, die einen Blick haben, mit dem sie glauben, gleich bis in die Brieftasche sehen zu können.« Sie atmete auf: »Der Kaviar, Jakob, war nur ein Beispiel. Ich könnte ein anderes finden.«

Sie nahm erneut eine Pose ein, sah sich in einer Szene, spielte sie, sprach anscheinend jemanden an: »Nichts gegen Oberammergau, aber haben Sie nicht etwas anderes da?«

»Setzen Sie mich ins Bild«, bat Jakob, »wo sind Sie?«

»Ich bin in einem Reisebüro. Ich erkläre dem Mann gerade, daß wir Lust haben, eine Reise zu unternehmen. Er empfiehlt uns Oberammergau. Ich frage Sie: Wie kommt der Mann dazu?«

»Keine Ahnung, Adele. Ich versichere Ihnen, Sie sehen nicht nach Oberammergau aus.«

»Wie sehe ich aus? Da wir schon mal bei dem Thema sind.«

»Sie sehen nach – New York aus.«

»New York?«

»Oder Hawai, oder Yokohama.«

»Springen Sie doch nicht so herum«, sagte Adele, »New York ist ja ganz in Ordnung. Oder mögen Sie New York nicht?«

»Sollte ich es mögen?«

»Es ist ja nicht unwichtig. Wir würden ja zusammen fliegen. Und könnten die UNO besuchen.«

»Die UNO«, sagte Jakob.

»Gut«, nickte Adele, »es hört sich an, als hätten Sie

etwas gegen die UNO. Also besuchen wir die UNO nicht. Sie könnten versucht sein, dort eine Rede zu halten.«

Sie unterbrach sich. »Würden Sie dort eine Rede halten wollen?«

»Man würde es mir sicher nicht erlauben.«

»Sie würden sicher eine sehr gute Rede halten. So wie ich Sie kenne. Sie würden Aufsehen erregen mit Ihren Vorschlägen. Würden Sie Vorschläge machen?«

»Ich hätte einige?«

»Nun, da man sowieso nicht auf vernünftige Vorschläge hört, spielt es keine Rolle, ob Sie Ihre Rede halten oder nicht halten. Verlassen wir also New York.«

»Und wenden uns wohin?«

»Wie wäre es mit der Südsee?«

»Sie springen ziemlich wild auf dem Globus hin und her.«

Adele sah ihn groß an: »Mit anderthalb Millionen kann man große Sprünge machen. Die Südsee sagt Ihnen nichts?«

»Ich fürchte«, antwortete Jakob, »wenn ich dort wäre, wüßte ich nicht, was ich dort machen sollte.«

»Ich denke, Sie würden es wissen, wenn Sie dort sind. Sie hätten den meisten Menschen etwas voraus, nämlich in der Südsee zu sein.«

»Die ich ja wieder verlassen muß. Was dann?«

Sie sagte ärgerlich: »Dann hätten Sie das erhebende Gefühl, dort gewesen zu sein. Reisen ist nicht Ihre Sache?«

Jakob hob die Schultern. »Ich fange gerade an, mich an den Tiergarten zu gewöhnen und an die Straße, in der ich lebe. Selbstverständlich auch an die Straße, in der Sie leben.«

Ärgerlich schüttelte Adele den Kopf: »Nichts gegen die Straßen, in denen wir beide leben. Aber haben die eine Chance gegen Singapur, Bangkok, Manila, Bali.«

»Bali – ?«

Adele flüsterte: »Bali, Jakob. Gegen Bali haben wir doch keine Chance.«

»Jeder Punkt der Erde hat eine Chance gegen jeden anderen Punkt dieser Erde.« Er zeigte auf den Zimmerboden. »Auch dieser hier.«

»Dieser hier?«

»Ja, dieser«, sagte Jakob fest.

»Hm«, meinte Adele, »langsam weiß ich nicht, wie ich meine anderthalb Millionen ausgeben soll.« Sie hob den Kopf, sah sich um, wieder lebhafter: »Neue Sessel, Jakob? Neue Vorhänge? Oder vielleicht einen neuen Teppich?«

»Aber Adele«, sagte Jakob, »haben wir uns an dies alles nicht gerade gewöhnt. All die Dinge hier, die Sessel, Tische, Möbel sind doch kurz davor, lebendig zu werden. Reden tun sie schon eine ganze Weile.«

Adele sagte: »Füllen Sie mir mal diesen Gegenstand.« Sie reichte ihm das Glas hin. »Der redet auch schon seit einer Weile auf mich ein.«

»So«, sagte Jakob, »ich fülle Ihnen das Glas, und dann kümmern wir uns mal um Ihren Lottoschein.«

Sie verließen das Haus, fanden ein Taxi und fuhren los zur Wohnung Adeles.
Im Wagen hatte nun Jakob die Führung des Gespräches übernommen.
»Sie sagten, Sie haben vier ständige Zahlen?«
»Sechs, neun, dreiundzwanzig und zweiundvierzig.«
»Die anderen beiden?«
»Fallen mir ein.«
»Wie fallen Ihnen die ein? Hören Sie da irgendwelche Stimmen?«
»Ich warte, welche Zahl sich mir aufdrängt. Welches Echo sie hat.«
»Welches Echo sie hat?«
Ärgerlich sagte Adele: »Wie füllen Sie denn einen Lottoschein aus? Man hat eine Zahl im Auge und wartet.«
»Worauf?«
»Auf eine Art Echo. Auf einen Nachklang. Wenn er sehr stark ist, der Nachklang, dann kreuze ich die Zahl an.«
Adele öffnete ihre Handtasche, holte ein Zeitungsblatt hervor. »Diese Zahlen sind herausgekommen.«
Jakob las: »Sechs, neun, dreiundzwanzig, zweiundvierzig.«
Er sah auf.
»Nur weiter.«
»Und noch dreißig und sechsunddreißig. Die haben Sie angekreuzt?«
»Sie hatten den stärksten Nachklang.«
Jakob war nun ganz betroffen.

Adele lachte: »Sie fangen endlich an, mir zu glauben, was?«
Sie sah hinaus auf die Straße, befahl plötzlich dem Taxifahrer zu halten.
»Kommen Sie, Jakob, steigen wir mal aus.«
Sie stiegen aus. »Warum steigen wir hier aus, Adele?«
»Sehen Sie sich mal um. Erkennen Sie die Stelle wieder?«
Sie standen vor einem Juweliergeschäft.
»Erinnern Sie sich? In dieses Geschäft sind wir mal hineingegangen und ließen uns Brillantringe zeigen.«
Jakob lachte. »Ha, ich erinnere mich. Aber bitte nicht über zwei Karat.«
Adele setzte heiter fort: »Weil alles über zwei Karat gewöhnlich ist. Was natürlich nicht unbedingt unsere Meinung war.«
»War sie es nicht?«
Sie standen vor dem Schaufenster, das reich bestückt war. Da blitzte und funkelte es, Karat neben Karat, für Finger, Ohren und Hals.
Adele murmelte nachdenklich: »Komisch, jetzt ist es kein Spaß mehr. Jetzt könnte ich mein Scheckbuch ziehen–«
Sie begann zu träumen. »Ein sehr schmales und sehr langes.«
»Warum ein sehr langes?«
»Ich brauche eins, auf dem man längere Zahlen bequem unterbringen kann. Und dann würde ich sagen–« Sie unterbrach sich, stieß den gereckten Zeigefinger vor wie

eine Waffe, richtete ihn auf einen Brillantring im Schaufenster: »Dieser da!« Sie stieß den Finger erneut vor: »Oder der da, oder das!«
Sie umfaßte mit funkelndem Blick das ganze Schaufenster.
»Wollen wir hineingehen?« fragte Jakob.
»Moment noch«, sagte Adele, hob langsam ihre Hand, »und was mache ich mit diesem da, Jakob?«
Er richtete seinen Blick auf ihren schmalen Ring, auf dem Brillantsplitter ein bescheidenes Dasein fristeten.
»Hm«, sagte Jakob, »dieser Ring kostete ...«
»Ich weiß die Zahl, Jakob.«
»Etwa hundertsiebzig Mark, wenn ich mich recht erinnere.«
»Ja, soviel haben Sie ausgegeben für diesen Ring. Der seitdem ununterbrochen zu mir spricht. Und ich spreche mit ihm. Manchmal sprechen wir auch gar nicht miteinander, weil wir so gut miteinander bekannt sind, daß wir es nicht nötig haben, miteinander zu sprechen. Wir sprechen bei Gelegenheit miteinander und in einer Weise, die für beide angenehm ist.«
Jakob atmete auf. »Das heißt also, wir gehen nicht hinein, zücken es nicht, das lange und sehr schmale Scheckbuch.«
»Nein, Jakob.« Sie lachte. »Aber haben wir jetzt nicht eine sehr schöne Erfahrung gemacht. In unserem Alter und dazu noch Erfahrungen, die das Herz erfreuen?«
Sie gingen nun langsam der Straße entgegen, in der Adele wohnte.

Sie stiegen die Treppe hinauf und betraten die Wohnung. Marianne, Adeles Tochter, kam ihrer Mutter entgegen, lachte: »Mama«, rief sie, »weißt du, was du für ein Glück hast?«
»Habe ich?«
»Du hast mir doch deinen Lottoschein gegeben. Du hast drei Richtige.«
Adele stutzte: »Drei Richrige?«
»Sechs, Neun, dreiundzwanzig.« Marianne freute sich: »Die anderen drei waren ganz knapp daneben. Aber wirklich ganz knapp.«
»Hm«, sagte Adele.
Sie sah Jakob an, der sanft die Schultern hochzog. »Wie sagten Sie, Adele. Sie sprachen mit den Zahlen und warteten auf ein Echo?«
»Das ist keine falsche Methode«, rief Adele, »Sie haben ja gehört: ganz knapp daneben.«
»Ich gratuliere dir, Mama. Drei ist schon ganz gewaltig.«
»Ich danke dir«, sagte Adele. »Ein paar Mark wird es geben, und dafür lade ich Jakob zum Essen ein.«
Und so geschah es.
Jakob und Adele saßen in einem sehr schönen Restaurant. Der schwarz befrackte Ober war keinesfalls arrogant, sondern bediente sie zuvorkommend.
»Hm«, sagte Adele, »wir bestellen, als hätte ich ein sehr schmales und ziemlich langes Scheckbuch. Der Gewinn war nicht sehr groß. Meine Zahlen scheinen viele Freunde zu haben. Aber etwas möchte ich doch

feststellen, Jakob. Wir hatten einen sehr aufregenden Tag.«

»Hatten wir?«

»Wir haben frei über anderthalb Millionen verfügt. Wir haben ein Haus gekauft mit einem Garten voller Apfelbäume, die leider nicht Ihren Beifall fanden, so daß wir das Haus wieder weggeben mußten. Wir haben uns dann einen Rolls-Royce gekauft, an dem uns eine gewisse Aufdringlichkeit gestört hat. Wir waren kurz in New York, wo Sie vor der UNO geredet und Ansichten geäußert haben, deren Befolgung und Beherzigung möglicherweise großes Unheil von der Menschheit abwenden würde. Dann haben wir uns in der Südsee umgeschaut und gefunden, daß sie überschätzt wird.«

Sie sah Jakob mit leuchtenden Augen an. »Sie müssen zugeben, Jakob, ein ungewöhnlicher Tag, an dem wir etwas herausgefunden haben, nämlich daß wir die anderthalb Millionen nicht brauchen.«

Jakob hob das Glas. »So sind wir doch noch zu unserer Freudenbotschaft gekommen.«

Adele winkte dem Ober.

Sie musterte ihn kühl, fast ein wenig hoheitsvoll.

»Ich hätte gern Kaviar. Es kann ruhig ein Fingerhut voll sein. Und bringen Sie einen Löffel, der nicht sehr groß sein muß.« Sie fügte ruhig hinzu: »Passend halt.«

Oben und unten

Jakob pflegte zu sagen: Ab und zu ein Besuch im Zoo gehört zum Lebensprogramm. Da man Tiere in der freien Natur nicht erlebt, muß man sie dort sehen, wo sie gerade noch zu finden sind, selbst wenn sie dort unter Umständen leben, die man innerlich nicht billigen kann. Man muß die Tiere sehen und seine Phantasie bemühen. Man muß sie sich zurückdenken in Savannen, Wälder und Felder, in jene Zeit, da die Erde sich auch dem Dümmsten noch als Schöpfung darbot, etwas, das sich heute verloren hat, denn wer sieht die Schöpfung noch im Asphalt der Straße, in Betonwänden und U-Bahnschächten?

So machten sich Jakob und Adele eines Tages wieder mal auf den Weg zum Zoo, um sich die Schöpfung zurückzuträumen, der einzige Weg, der einem geblieben ist, wie Jakob formulierte.

Jakob stand also vor dem Zooeingang und wartete auf Adele. Er stand nachdenklich, in sich versunken und wachte erst auf, als Adele etwas atemlos aus einem Taxi stieg. Sie entschuldigte sich: »Der Verkehr, Jakob. Es gab eine Umleitung. Sie bauen wieder einmal nach meinem Gefühl wild drauflos.«

»Aber entschuldigen Sie sich doch nicht, Adele.«
»Ich tu es, weil ich ungern jemanden warten lasse.«
»Liebe Adele, warten auf jemanden ist eine unglaublich interessante Sache, die in ihrer Bedeutung noch gar nicht erkannt ist. Richtiges Warten ist ein unerhört produktiver Vorgang.«
Adele staunte ihn an. »Wie das?«
»Nun, ob man will oder nicht, man beschäftigt sich ausschließlich mit dem, den man erwartet. Erst sachlich, nüchtern: Nanu? Noch nicht da? Bis man besorgt wird, die Besorgnis sich schließlich in Angst verwandelt. Man fragt sich: Da wird doch nichts passiert sein? Da stehen dann ganz alberne Möglichkeiten neben ganz schrecklichen. Wie auch immer, man erfährt etwas, nämlich was derjenige, den man erwartet, einem bedeutet.«
»Was stellten Sie also fest?«
»Na, was schon, liebe Adele? Daß Sie mir sehr viel bedeuten.«
»Hm«, stieß Adele ihren Atem weg, sagte kopfschüttelnd: »Sie sind unglaublich. Sie benutzen ja jede Möglichkeit, mir Komplimente zu sagen. Ich wollte Sie immer schon mal fragen: Warum tun Sie es?«
»Ich habe selber schon darüber nachgedacht«, lächelte Jakob, »und bin zu folgender Erklärung gekommen: Ich fange an, das Leben immer intensiver zu lieben, nicht in einer Art Panik vor dem Ende, nein, ich fange an, es grundsätzlich zu lieben. Und dafür«, jetzt machte er eine Pause, sah Adele an, »brauche ich ein Demonstrationsobjekt.«

»Mich?«
»Sie, Adele.«
»Ich bin ein Demonstrationsobjekt?«
»Man sammelt seine Empfindungen und macht sie an einem Punkte sichtbar.«
»Jakob –« holte Adele Atem, »darüber kann man wohl länger sprechen.«
»Könnte man, Adele. Man beginnt das Leben zu lieben und spürt zugleich, daß man sich von ihm entfernt. Die Intensität, mit der man alle Empfindungen auf eine Person richtet –« Er stockte.
»Ja, Jakob?«
»– könnte auch Angst sein.« Er lächelte schwach. »Darüber dachte ich gerade nach.«
»Angst?« wunderte sich Adele.
»Eine Art von Angst. Sie ist von der gewöhnlichen Angst so sehr verschieden, daß man dafür eigentlich einen eigenen Namen finden müßte.«
Er brach ab, machte eine entschiedene Bewegung. »Aber darüber wollen wir jetzt nicht nachdenken. Kommen Sie, gehen wir Tiere besehen.«
In diesem Augenblick rief jemand: »Hallo.«
Jakob sah sich um. Ein großer Wagen hatte am Straßenrand gehalten, ein Mann war ausgestiegen und ging auf Jakob zu. Der Mann sah so stattlich aus wie der Wagen, ein großer, schwergewichtiger Mann, der lächelte, unsicher lächelte, aber dann immer stärker.
Der Mann starrte Jakob an, streckte dann seinen Finger aus, richtete ihn auf Jakob und stieß hervor: »Woronesch.«

»Bitte?« murmelte Jakob.
Der Mann begann zu strahlen, nickte, wiederholte: »Woronesch. Woronesch in Rußland. Woronesch und Kiew, der ganze Donbogen. Na? Dämmert es?«
»Wo soll es denn dämmern?« fragte Jakob.
»Sie erinnern sich nicht. Ich bin Schöller. Gefreiter war ich damals, und Sie waren Oberleutnant. Wie war noch der Name?« Er lachte strahlend: »Ich habe ein gutes Gedächtnis, aber jetzt müssen Sie mir mal helfen.«
»Mein Name ist Biedermann.«
»Richtig, Oberleutnant Biedermann. Jetzt mache ich mir Vorwürfe, daß ich das vergessen konnte. Oberleutnant Biedermann. Aufklärungsabteilung. Ich war mal Ihr Fahrer.«
Jakob sah den Mann an, überlegte. Mein Gott, dachte er, was für Namen nannte der Mann da? Woronesch? Aufklärungsabteilung? Mein Fahrer?
»Mein Fahrer?«
»Ja, leichter Schützenpanzer.« Der Mann lachte herzlich: »Immer Vollgas. Drauf und dran war die Devise. Sie erinnern sich nicht an mich?«
»Ich bin noch dabei, mich zu erinnern.« Trocken fügte er hinzu: »Ich habe dabei möglicherweise einen weiteren Weg.«
»Einen weiteren Weg?«
»Ja«, murmelte Jakob, »weil ich mich von jener Zeit möglicherweise weiter entfernt habe als Sie.«
Der Mann lachte gutmütig.
»Ja, kann sein. Ich war damals ein junger Spund–«, er

lachte herzlich, »der ich jetzt nicht mehr bin.« Er legte die Hand auf seinen Bauch, »wie deutlich zu sehen«. Er musterte Adele. »Die Frau Gemahlin?«
»So gut wie«, murmelte Jakob, sah Adele kurz an, »ich hoffe, daß Sie mir gestatten, es so zu formulieren.«
»Zumal die Formulierung zutreffend ist.«
»Schöller ist mein Name«, rief der Mann, »darf ich auch Ihnen herzlich guten Tag sagen.«
»Guten Tag, Herr Schöller«, sagte Adele.
Der große Wagen stand immer noch am Rande der Straße. Am Steuer ein Fahrer in Chauffeursuniform.
»Aber jetzt eine Frage, Herr Oberleutnant«, sagte Schöller, »Sie wollten in den Zoo?«
»Ja, wir sehen uns ab und zu gern Tiere an.«
»Was doch andererseits heißt, Sie haben Zeit. Und wenn Sie Zeit haben«, er sah strahlend von einem zum anderen, »wollen Sie nicht mein Gast sein? Mir würde es sehr viel bedeuten.« Er sah Jakob offen und herzlich an: »Ich habe den Herrn Oberleutnant damals sehr bewundert.« Er blickte Adele an. »Er war mein Vorbild. Was er bis heute geblieben ist. Bitte, kommen Sie, machen Sie mir die Freude.«
Jakob blickte Adele an, war unschlüssig.
»Auf dieses Wiedersehen müssen wir doch einen zur Brust nehmen«, rief Schöller. Er lachte: »Sie werden doch nicht verloren haben, was Sie damals von jedem von uns verlangten, Entscheidungsfreudigkeit.«
Jakob suchte nach einer Möglichkeit, die Einladung

ablehnen zu können, aber Adele sah Schöller lächelnd an.
»Aber natürlich haben wir Zeit. Wir nehmen Ihre Einladung gerne an.«
Jakob sagte später: Mir blieb der Atem stehen, als Sie dies sagten. Warum haben Sie so schnell zugesagt? Und Adele hatte geantwortet: Aber Jakob, sollte ich mir die Möglichkeit entgehen lassen, einen Lebensabschnitt von Ihnen kennenzulernen, den Sie mir bisher vorenthalten haben?
Schöller jedenfalls war glücklich, fast aufgeregt.
»Kommen Sie, steigen Sie ein.«
Der Fahrer, ein junger Kerl, stieg aus, öffnete die hintere Wagentüre, half Jakob und Adele beim Einsteigen.
Es machte Schöller offensichtlich Freude, seinen Wohlstand vorzuführen, saß neben dem Fahrer, wandte sich nach hinten: »Ich hatte erst gezögert, Sie anzusprechen. Fragte mich: Ist er es? Ist er es nicht? Sie sind etwas gebrechlich geworden.«
»Sie sagen es«, antwortete Jakob lakonisch.
»Kein fester Gang mehr, wie?«
»Man schleppt sich dahin, so gut es geht«, sagte Jakob. Er machte eine höfliche Bewegung zu Adele: »Bevorzuge aus diesem Grunde ständige Begleitung.«
Nanu, dachte Adele, Jakob wird ironisch.
»Versteh, versteh«, nickte Schöller, »kann ja immer was passieren.«
»Man wartet förmlich darauf«, sagte Jakob gemessen.
Schöller erklärte lebhaft: »Wissen Sie, ich habe immer

mal an Sie gedacht, mich erinnert, anderen erzählt, was für einen Vorgesetzten ich hatte. Aber ich dachte immer: Der ist sicher längst tot.« Er lachte breit: »Und jetzt leben Sie.«

»Ja«, murmelte Jakob, »man hat manchmal das Gefühl, als müsse man sich dafür entschuldigen.«

»Aber, aber, Herr Oberleutnant.«

»Bitte«, murmelte Jakob, »nicht Oberleutnant.«

»Aha«, fuhr Schöller lebhaft fort, »ich hatte Sie ja dann aus den Augen verloren. Was sind Sie gworden? Hauptmann? Major?«

»Ich wurde, was ich heute bin. Zivilist.«

Schöller lachte: »Wie wir alle, Herr – Herr Biedermann. Entschuldigen Sie, daß ich zögere. Ich bin noch gewöhnt, diesem Namen etwas voranzusetzen.«

»Wenn Sie von dieser Gewohnheit nicht abgehen wollen, sagen Sie nur Zivilist Biedermann.«

»Ein Späßchen, wie? Zivilist ist kein Rang, kein Dienstgrad.« Er lachte: »Das wäre etwas, wenn man sich so ansprechen würde: Zivilist Biedermann, Zivilist Schöller.«

»Ja«, murmelte Jakob, »man könnte die Sache ausschmücken, um sozusagen die Dienstgrade wieder einzuführen. Man könnte sagen: Unterzivilist, Oberzivilist, schließlich gar Hauptzivilist.«

Schöller kicherte nun fast, hustete vor Vergnügen: »Ihren Humor haben Sie jedenfalls nicht verloren, Herr Oberleutnant.« Er wandte sich an Adele: »Dafür war er berühmt im Regiment, gnädige Frau, für seinen trockenen Humor.«

Adele nickte herzlich: »Der möglicherweise noch trockener geworden ist.«
Schöller wandte sich jetzt an seinen Fahrer: »Schmidt, Sie haben es wohl schon mitgekriegt. Ich habe meinen alten Oberleutnant wiedergetroffen. Mit dem wir Woronesch eingenommen haben.«
»Woronesch?« fragte der Fahrer.
Schöller lachte wieder. »Was sagen Sie dazu, Herr Oberleutnant. Kennt er nicht. Hat er nie gehört. Nie gehört den Namen Woronesch. Was sagt man dazu?«
»Herzlichen Glückwunsch.«
»Aha«, bremste sich Schöller respektvoll, »so kann man es natürlich auch sehen. Sind ja eine Menge von uns draufgegangen.« Er wandte sich wieder an seinen Fahrer: »Wann sind Sie geboren, Schmidt?«
»Dreiundfünfzig, Herr Direktor.«
»Hören Sie, Herr Oberleutnant? Dreiundfünfzig. Die Kerle haben keine Ahnung, wovon wir sprechen.«
»Ich möchte es erneut sagen: herzlichen Glückwunsch.«
Schöller fuhr mit den beiden vor dem Hotel Kempinski vor. Der Hotelportier eilte sofort herbei, half den Aussteigenden. Man sah sofort: Schöller war hier bekannt.
Schöller ging mit Jakob und Adele in die Halle.
»Wollen Sie einen Moment Platz nehmen, Herr Oberleutnant. Oder gehen Sie schon vor in die Bar. Sie kennen sich aus hier?«
»Ich kenne mich aus hier.«

»Ich sehe nur nach meiner Post. Ich erwarte Telegramme und Telefonanrufe. Ich bin sofort wieder da.«

Er ging eilig zur Rezeption, ein Mann mit Eifer und Schwung, mit rapiden Bewegungen und einer Selbstsicherheit, der etwas Überzeugendes anhaftete.

Jakob sah dem Manne nach, wandte sich dann etwas hilflos an Adele.

»Tut mir leid, Adele.«

»Aber warum denn, Jakob. Mir macht es Spaß.«

»Was macht Ihnen Spaß?«

»Sie zu sehen, Jakob. Da wird ein Stein weggewälzt von einem Grabe.«

»Was für Bilder gebrauchen Sie denn da«, sagte Jakob erschrocken, »ein Stein wird weggewälzt von einem Grabe? Von was für einem Grabe?«

»Von dem Grabe, in dem Sie Ihre Vergangenheit verborgen halten.«

Jakob ging mit Adele in die Bar.

»Der macht mich wahnsinnig mit seinem Oberleutnant.«

»Aber Sie waren es doch mal.«

»Ja, ich war es mal. Aber ich sage Ihnen gleich: Der Stein wäre besser auf dem Grab geblieben. Und ich wäre lieber in den Zoo gegangen.«

Sie setzten sich in der Bar an einen Tisch.

»Andererseits –« murmelte Jakob, »Zoo ist überall.«

Schöller segelte herein. Er füllte den Raum aus mit Stimme und Persönlichkeit.

»Liegt nichts vor«, rief er, »was trinken wir?« Er brem-

ste sich, sah Adele an: »Er verträgt doch noch Alkohol?«
Es verschlug Adele ein wenig den Atem.
»Jakob«, sagte sie, »vertragen Sie Alkohol?«
»In Maßen«, murmelte Jakob, »Exzesse jeder Art verbieten sich natürlich bei einem alten Herrn, der schon über den Lebenszaun schaut.«
»Aber der noch vital aussieht«, bekräftigte Schöller, »vital und lebendig und ganz bei der Sache. Darf es ein Sekt sein?«
»Wir haben nichts gegen Sekt«, sagte Adele.
Schöller rief seine Bestellung über den halben Raum hinweg dem Kellner zu. Auch der schien Schöller zu kennen.
»Um jetzt mal von mir zu sprechen«, sagte Schöller, »wie leicht zu sehen: Mir geht es ausgezeichnet. Wir mußten ja alle irgendwo anfangen. Und da hat mir geholfen –« er unterbrach sich, sah Jakob herzlich an, »jetzt werden Sie staunen. Mir hat geholfen unsere Devise, unsere Devise von der Aufklärungsabteilung: Drauf und dran, nicht nachdenken, nachdenken verwirrt nur.« Er saß hoch aufgerichtet: »So habe ich es geschafft.«
Jakob fragte höflich: »Was haben Sie geschafft?«
»Dahin zu kommen, wo ich heute stehe.«
»Wo stehen Sie?« fragte Jakob.
Schöller lächelte breit und in tiefer Zufriedenheit, sagte nur ein Wort, aber dies mit Vehemenz und Behagen, er sagte: »Ich stehe oben.«

Der Kellner kam mit Flasche und Gläsern. Mit einer knappen Bewegung befahl Schöller dem Kellner, die Flasche zu öffnen und einzuschenken.

»Ich könnte Ihnen jetzt natürlich viel erklären, was für ein Geschäft ich habe, aber das wird Ihnen nicht viel sagen, da Sie sicher kein Kaufmann sind.«

»Nein, ich bin kein Kaufmann.«

»Also, dann gebe ich Ihnen eine erschöpfende Auskunft auf die Frage wo ich stehe, wenn ich sage–« er wiederholte das Wort mit Behagen: »oben.« Er schränkte ein: »Nicht ganz oben, aber ziemlich oben, jedenfalls für mich hoch genug–« jetzt lachte er, »so daß man die angenehmsten Überblicke hat.«

»Wie schön«, murmelte Jakob.

»Und wie geht es Ihnen?« erkundigte sich Schöller jetzt.

»Ich kann leider nicht so kurz antworten«, sagte Jakob, »mit oben oder unten ist es nicht getan. Ich habe zunächst einmal–« er breitete die Hände aus, »ich bitte um Entschuldigung, zunächst einmal habe ich oben und unten in Frage gestellt.«

»Wie kann man diese Worte in Frage stellen?« fragte Schöller lebhaft, »oben ist oben und unten ist unten.« Er setzte fast ein wenig erschrocken hinzu: »Sie sind doch nicht unten? Es geht Ihnen doch gut.« Er schränkte selbst ein: »Wenn nicht gut, so dann doch einigermaßen.«

»Sie drücken es richtig aus. Es geht mir nicht gut, aber doch einigermaßen.« Jetzt lächelte er: »Obwohl ich mich meinem Gefühl nach auch oben befinde. Ein Widerspruch, der mir nicht zu schaffen macht.«

»Weil er keiner ist«, sagte Adele, die aufmerksam und mit großem Vergnügen zugehört hatte.

»Ist er das nicht?« fragte Jakob.

»Für mich, Jakob, waren Sie immer ganz oben.«

»Aber noch nicht in dünner Luft, wie?«

»Nein, noch nicht in zu dünner Luft.«

Schöller blickte ein wenig angestrengt von einem zum anderen, schien bemüht zu verstehen, was er nicht ganz verstand.

»Ich sehe –« lächelte er ein wenig zögernd, »daß Sie Ihren Humor noch nicht verloren haben.«

»Was schon erwähnt wurde«, sagte Jakob.

»Der Übergang vom Krieg in den Frieden – denn davon wird ja gesprochen, der war für alle schwer, mehr oder weniger natürlich.«

»Weniger für den –« sagte Jakob ruhig, »der immer noch sagte: Drauf und dran.«

»Nicht wahr«, atmete Schöller erleichtert auf, »unsere alte Devise kam wieder zu Ehren und bewies, wie richtig sie war.«

»Drauf und dran und nicht nachdenken?«

»Das waren Ihre Worte, seinerzeit.«

Jakob atmete tief auf, murmelte. »Seinerzeit ging ich wohl auch dem Nachdenken aus dem Wege. Aber nach dem Kriege war es eine große Versuchung.«

Er starrte Schöller an, fragte: »Der Sie nicht erlegen sind?«

»Nein«, rief Schöller, »ich habe die Ärmel hochgekrempelt.«
»Und drauf und dran«, murmelte Jakob.
»Richtig–« strahlte Schöller, »und wissen Sie, daß mich der Gedanke an Sie dabei beflügelt hat?«
»Der Gedanke an mich?«
»Was Sie nicht wissen, nicht wissen können. Aber Sie waren es, der in keiner Situation aufgegeben hat, was mir ein Beispiel war, Ihre Tapferkeit.«
Jakob sah Adele an, fast ein wenig erschrocken.
»Wissen Sie, wie Sie mich ansehen, Jakob?«
»Wie sehe ich Sie an?«
»Als seien Sie ertappt worden.«
»Nun ja, ein bißchen fühle ich mich auch so.«
Schöller verstand nicht, sah von einem zum anderen.
»Wieso ertappt? Hat er Ihnen denn nie erzählt?«
»Was sollte er erzählt haben?« fragte Adele.
»Was er erlebt hat? Wie tapfer er gewesen ist? Seine Tapferkeit war sprichwörtlich.«
Adele sah Jakob groß an. »Warum haben Sie mir denn nichts davon erzählt?«
»Liebe Adele«, murmelte Jakob, »ich bin nie richtig tapfer gewesen. Der Gefreite Schöller irrt sich da.«
»Aber, aber–« protestierte Schöller, »und Ihre Auszeichnungen? Wer hat sich denn da geirrt?«
»Hm–« meinte Jakob, »es handelt sich da um einen allgemeinen Irrtum, was Tapferkeit angeht. Der Begriff wird möglicherweise ganz falsch gesehen.«
»Wie kann man das falsch sehen? Tapfer ist tapfer,

Herr Oberleutnant. Mut haben und ihn zeigen. Mut vor dem Feinde, in einer Situation, die ausweglos erscheint. In dieser Situation nicht verzagen, das Unmögliche wagen und dabei gewinnen. Das ist Tapferkeit.«

Er sah Jakob fast streng an, als tue es ihm leid, daß er zum Mittel einer Zurechtweisung habe greifen müssen.

Jakob saß mit gesenktem Kopf.

»Nun–« murmelte Adele, »was Herr Schöller sagt, hört sich doch gut an. Hört es sich nicht gut an?«

»Doch, es hört sich gut an.«

»Erinnern Sie sich noch–« rief Schöller, »wie oft wir in ausweglosen Situationen waren? Sie haben es immer geschafft, immer einen Ausweg gefunden. Er war ein Held. Das kann man ruhig wörtlich nehmen.«

Er lachte Jakob an: »Widersprechen Sie mir nicht, sondern trinken Sie mit mir.«

Sie tranken. Auch Jakob taute ein wenig auf. So verging eine gewisse Zeit, bis Schöller von einem Pagen an das Telefon gerufen wurde.

Schöller kam dann kurz darauf zurück, hob bedauernd die Schultern.

»Nichts zu machen, ich muß weg. Eine Besprechung, die wichtig ist und von der viel abhängt.«

»Sie werden es schon schaffen«, sagte Jakob, »mit drauf und dran.«

»So ist es, Herr Oberleutnant«, sagte Schöller, er streckte ihm die Hand hin, drückte die Hand Jakobs kräftig, schien einen Augenblick in Versuchung zu sein, Jakob an seine Brust zu ziehen, ließ es dann aber und wie es schien – aus Respekt.

Dann wandte er sich um. Der gewaltige Kerl stampfte durch die Halle in einer Wolke gleichsam von Wichtigkeit und verschwand.

Jakob und Adele blieben in der Bar.

»Moment noch, Adele«, bat Jakob, »ich muß mich erholen. Ich war auf eine solche Begegnung nicht gefaßt.«

»Der Mann mochte Sie, Jakob. Das war ganz deutlich zu sehen.«

»Dafür kann ich nichts, Adele. Die Begegnung war mir unangenehm.«

»Warum war sie das?«

»Adele–« murmelte Jakob, »der Mann mit seinem plötzlichen Erscheinen hat ein zentrales Problem angerührt, in meinem Leben und sicher auch in Ihrem Leben, ach was, in unser aller Leben.«

»Von welchem Problem sprechen Sie?«

»Es handelt sich um Einordnung von Begriffen. Und zwar um eine endgültige Einordnung, um eine unaufschiebbare Einordnung.«

»Was für Begriffe meinen Sie?«

»Die Begriffe Tapferkeit, Krieg ganz allgemein.« Er atmete ganz ruhig. »Zwei Kriege in einem Menschenleben. Und was für welche. Und aufgeboten wurden–« er rief, »jetzt zögere ich schon – menschliche Tugenden wie Tapferkeit, Ausdauer, Leidensfähigkeit, Treue, Hingabe, Mut.«

Er wurde lauter. Zum ersten Male entdeckte Adele an Jakob Schmerz und Hilflosigkeit, sie äußerten sich in seiner Stimme.

»Sind es Tugenden, Adele? Das ist es, was ich mich immer gefragt habe. Sind es wirklich Tugenden? Haben wir nicht etwas getan gegen alle Vernunft? Wir haben sie getötet, sie haben uns getötet. Und diese Vorgänge des gegenseitigen Tötens werden verbrämt mit Bewertungen und sind doch vielleicht nichts weiter als jahrtausendealte Untugenden, an die man sich nur gewöhnt hat. Weil sie immer waren, sind wir deswegen berechtigt sie hinzunehmen?«

»Jakob«, rief Adele erschrocken.

»Was gefällt Ihnen daran nicht?« rief er, fuhr sie fast an.

»Ihre Stimme gefällt mir nicht. Sie sind aufgeregt. So habe ich Sie noch nie gesehen, nie gehört.«

»Haben Sie nicht? Adele, man zeigt nicht alles, jeder hat seinen Kern in sich, in dem er alles zusammengebacken hat, einen Kern, den er ganz tief versenkt, damit ihn niemand sieht.«

»Was meinen Sie, Jakob?«

»Wir alle haben eine Ahnung in uns, daß wir seit Tausenden von Jahren falsch leben. Und vielleicht falsch leben müssen, weil wir so geschaffen sind. Und weil es deswegen nicht zu ändern ist.«

»Jakob«, flüsterte Adele, »worauf kommen wir jetzt? Auf unsere – wie nannten Sie es – unsere Grundtraurigkeit?«

Jakob hob den Kopf.
»Ja«, murmelte er dann, »da ist sie wieder, unsere Grundtraurigkeit. Bonjour kann man da nur sagen.«
Er bestellte noch eine Flasche Sekt.
»Adele«, sagte er, »das Schlimme ist: Wir wissen, daß wir nichts ändern können. Wir gehen unseren Weg zu Ende, ratlos, hilflos. Und haben nur eine Chance.«
»Die wäre?«
»Daß wir für uns selbst einen anderen Weg gehen. Nur für uns selbst. Für andere zu denken heißt immer auch anderen befehlen wollen, so kommen wir zu den Utopien, von denen eine die andere jagt. Aber für sich selbst kann man einen anderen Weg sehen und ihn nehmen und ihn gehen.«
»Jakob«, flüsterte Adele, »was verstehen Sie darunter?«
»Alles in uns zur Ruhe bringen. Die eigenen Wünsche unter Kontrolle haben. Alles, was uns betrifft, auf das Ganze beziehen, auf irgendein Ganzes.«
»Was ist das Ganze, Jakob. Meinen Sie Gott?«
»Ist es nicht gleich, wie wir es nennen?«
So saßen sie ganz stumm, in einer Bar eines Hotels, in der ein paar Manager saßen und über Geschäfte redeten, die sicher nicht auf irgendein Ganzes bezogen waren.
»Ich habe mal gelesen, Jakob, die Weisen haben keine Macht. Wäre sie ihnen zu wünschen?«
»Dann widersprächen sie sich selbst. Aber es wäre zu wünschen, daß man auf sie hört.«

Sie verließen schließlich das Hotel, gingen hinaus auf die Straße.
Es wehte ein frischer Wind, Zeitungspapier wehte über die Straße, Männer hielten ihre Hüte fest, Frauen ihre Röcke.
Es lag Regen in der Luft.
Jakob und Adele hielten sich aneinander fest, gingen gesenkten Hauptes gegen den Wind.
Die Grundtraurigkeit war in ihnen, jene, die nur traurig macht, aber nicht wehtut.
Jakob dachte noch an Schöller. Er sagte: »Man fragt sich, ob man es noch erlebt.«
»Was erlebt, Jakob?«
»Die Zeit, in der Tapferkeit nichts mit Töten zu tun hat.«
»Wo würden wir dann alle stehen, Jakob?«
»Na wo, Adele?«
»Ganz oben, nehme ich an«, sagte Adele und fuhr fort: »Kann es sein, Jakob, daß es ab und zu Menschen gibt, die schon ganz oben sind? Ganz oben oder jedenfalls ziemlich weit oben?«
»Die gibt es, Adele. Aber es sind zu wenig, noch zu wenig. Und was uns beide betrifft, die wir uns durchaus dazu rechnen wollen, wir sind sehr alt. Und heutzutage ist Alter kein Beispiel.«
»Ist das nicht schade«, sagte Adele, war plötzlich heiterer, drückte den Arm Jakobs.
Sie schwiegen, hielten sich eng nebeneinander und kämpften sich gegen den Wind vorwärts, der stärker wurde.

Bitte beachten Sie
die folgenden Seiten:

Herbert Reinecker

Die Frauen von Berlin
Ullstein Buch 20570

Jakob und Adele
Ullstein Buch 20940

Jakob und Adele auf der Reise nach Feuerland
Ullstein Buch 22006

Horst Pillau

Der Kaiser vom Alexanderplatz

Roman

Ullstein Buch 20773

ein Ullstein Buch

Dieser nach dem gleichnamigen, überaus erfolgreichen Theaterstück entstandene Roman erzählt die Geschichte des Kneipenwirts Wilhelm Kaiser, dessen Einsatz und Erfindungsgeist in den letzten Kriegswochen 1945 unter Beweis stellen, daß man auch in schweren Zeiten das Leben mit Humor meistern kann.

Carl-Heinz Schroth

Keine Angst vor schlechten Zeiten …

Geschichte meines Lebens

Ullstein Buch 20710

ein Ullstein Buch

»Lebenserinnerungen, die zu lesen Spaß macht. Mit seinem feinen, hintergründigen Humor, dem gesunden Schuß Selbstironie und erzählerischem Talent gewährt Carl-Heinz Schroth sehr persönliche Einblicke in sein, wie er selbst sagt, ›glückliches, erfülltes Leben‹.«

Berliner Morgenpost